13劃，愛

角子

13 個 我 們 痛 過
才 懂 的 愛 情 道 理

13 劃，愛 —— 角子

13 劃，愛。這不是一個太難的字，就好像我們的初戀，那麼純潔而簡單。

我已經忘記自己是在何時學會寫「愛」這個字；可是我很難忘記我的初戀，那是十八歲那年的夏天。那是有一個人，突然向妳的生命走來，從此讓妳明白了，原來那就是「愛」。

妳偶爾還是會想起他嗎？

妳想念的是他，還是當時的自己呢？

當時的愛好像比較簡單，妳那麼輕易就說服了自己，勇敢地去愛一個人，勇敢地去等，去寂寞，當然也包括了最後，也許有怨但卻依然無悔的傷心。

當我們剛學會「愛」這個字，當我們第一次愛上一個人，我們好像都低估了「愛」的難度。那是妳輕而易舉就完成的 13 劃；那是妳一不小心就想得太遠的，你們的未來。

後來，當我們逐漸認識愛，我們才好像明白了，愛也許跟努力有關……但愛一定也跟運氣有關，否則怎麼會有人，那麼輕易就完成了那些筆劃，那麼容易就找到幸福；而幾乎沒有偷懶過的我們，經常小心翼翼地臨摹著「愛」這個字，感覺幸福就在前方，卻在某個意外的時刻，驚覺到自己還是又回到原點。

也許，愛還跟聰明有關。因為在多年後，那些我們始終不肯學會的，終於也好像學會了；那些我們當時困惑和執著的，現在看起來，也突然都那麼明白。

終於，現在的妳對於愛也有了自己珍貴的體會。

如果可以穿越時空，如果我們真的可以給當時的自己一些建議，妳會想跟那個年輕人說什麼？

妳想跟她說，其實妳不用那麼悲傷，雖然妳並不相信，但是妳後來真的會遇見一個更好的人，他很珍惜妳，讓妳終於感受到，原來這才是「愛」。

還是妳更想告訴她：「親愛的，不要怕！因為妳離幸福真的只剩下一點點距離了！」妳想在她面前搖旗吶喊，就像在馬拉松終點線，提醒著那些選手們的啦啦隊一樣！妳要跟她說，她的堅持最後真的會有結果，而那個最珍貴的結果，就是跟她一樣高貴的愛。

或者我們後來竟然什麼都沒有說。

我們只是笑著又回憶了、又看見了，當時那個又勇敢、又青春的自己。

因為我們終於發現，比起那些很快地完成愛的書寫的人，我們也許不夠幸運跟擁有天分，但我們卻在那些反覆練習的過程裡，更確定了什麼才是自己真正想要的快樂？什麼才是不止是別人所說，而是自己也深深覺得的幸福？

妳終於明白，那些妳在每一場愛裡學會的，它們有些可能代價不菲，但卻會讓妳成為一個更好的人，那是因為我們總是用「愛」學習愛，即便有時候我們會心痛、會掉眼淚，我們也從來不用「恨」去終結愛。

因為「愛」是如此美好的事。

因為我們那麼努力著，最後想要學會的、得到的，一直是更好的「愛」。

我們已經忘記自己是在何時學會寫「愛」這個字；絕對忘不了的，是妳的初戀，是妳最愛的那個人，是那些許許多多我們在愛裡的第一次，那些我們後來千金不換的第一次……

這不是一個人的書，不是一個人的故事。

這是我們共同的故事，是我們一起在愛裡的共同學習。它們有些很難，需要經常被提醒跟溫習；也有很多對妳來說很新，但如果妳肯聽聽過來人的意見，也許可以少走一些冤枉路；又或許，妳只是剛好經過，覺得有點孤單、有點冷，歡迎進來取暖……

因為我們畢竟無法跨越時空，所以才更要把這些故事寫下來。

那是當我們終於明白，如果我們永遠無法預測愛的將來，就讓我們好好享受愛的現在。那是當我們終於願意打開自己的心和眼睛，又重新一次認識，總是讓我們又哭、又笑的那個字：

13 劃，愛。

自序 —P4.

第一劃 | 一定要比「一個人」更好，才去愛— P9.

妳喜歡的型　　幸福，是自己的責任
曖昧，只是愛要跨過的最低門檻

第二劃 | 別讓複雜的人，混亂了自己的人生— P23.

尋人啟事　　害怕太認真
是應該吃的苦，還是我們自討苦吃？

第三劃 | 最好的幸福，是一起長大— P39.

「一個人」或「兩個人」的選擇　　20、30、40的愛ing
在月光下，一個女人　　愛最珍貴的部分，是「堅定」

第四劃 | 連想去的地方都一樣，才是真正的伴— P59.

百年「好」合　　因為他和妳看見的「愛」不一樣
對的人

第五劃 | 不要因為愛而懷疑自己— P73.

妳為「愛」而做的改變　　寫給平凡的妳
會幸福，是因為他們從不「歸類」自己

第六劃 | 自私的人，永遠給不出永恆的答案— P87.

要彼此都願意付出，才能成立「幸福」　　盡力的男人，最浪漫
值得的「付出」，可惜的「犧牲」

第七劃 | 妳唯一要確定的，是愛的「現在」— P103.

我們的愛變了嗎？　　愛的證據
愛最重要的課題

7

第 八
劃

是 兩 顆 心 在 一 起 ，才 是 真 的 「在 一 起」 — P121.

愛是雙人創作，而不是單人訂做　　愛，可以跟你想得不一樣
輸的人其實最贏

第 九
劃

能 從 妳 的 角 度 想 ，才 能 給 出 對 的 幸 福 — P135.

會幸福，是因為我們都不完美
真正會陪妳到最後的，是身邊這份愛
愛最關鍵的「三秒鐘」

第 十
劃

感 情 裡 的 「好 人」，都 是 不 快 樂 的 人 — P149.

我們早就是朋友了，對不對？
其實妳沒有遇見更好的人
一份在多年後，也不會後悔的愛

第 十 一
劃

最 可 怕 的 不 是 愛 錯 ，而 是 將 錯 就 錯 — P169.

不管有多苦　　終於，我們自然醒來……
「命中注定」愛上你

第 十 二
劃

走 出 來 的 路 ，沒 有 捷 徑 — P187.

他欠妳的理由　　要多少時間才能遺忘
每份被刪除的愛，都一定有一些東西留下來
念念，妳的「想念」和「懷念」

第 十 三
劃

妳 一 定 可 以 在 心 底 ，放 進 一 個 更 好 的 人 — P205.

後來，妳才明白……
是因為經歷過那些，才讓我們更清楚自己想要的「幸福」
最好的改變　　「愛」一直希望我們學會的事

一定要

比「一個人」更好，

才去愛

一定要比「一個人」更好，
才去愛

　　我們跟很多親戚的重逢，經常會發生在年輕一輩的婚禮上；而我跟小堂妹的相遇，卻是在某個長輩的喪禮中。

　　我沒認出她來，還有很多後輩，我都認不出來……我們坐在那個很像「小孩區」的位置，我們一直是長輩眼中永遠的小孩，不識那些禮俗的我們，只能安靜地參與典禮。

　　「是 XX 哥哥嗎？」我旁邊那個女生，突然跟我說話。

　　「妳是小蓮！」我一下子也認出她來。

　　「我有訂你的 FB，有從裡面得到很多力量。」她繼續說，十幾年沒見面了，這樣的開場，讓我很不好意思。

　　「蛤！在談戀愛了喔！」我說，也應該了啊！也許下一次大家的聚會，就是在她的婚禮上了。

　　「嗯，但是最近分手了。」小蓮說。我沒有轉過去看她，但是我知道她正在擦眼淚，在這樣的場合，沒有人會覺得奇怪。

　　「這樣啊，沒關係，再找更好的啊！」我說。

　　「我知道，但就是會一直想檢討，想找出來，自己究

竟是哪裡做錯了？不然怎麼會這樣？」小蓮接著說。

　　小蓮一定是個好女孩，就像這個世界的許多好女孩一樣，她們努力去做好每一件事情，總是先要求跟反省自己，用這樣的方式去贏得尊重與榮譽；只可惜，這個世界關於「愛情」的規則，卻不是這樣。

　　「愛情」也許跟這個世界許多其他的事情一樣，也有對錯；但真正會讓「愛情」留下來的，卻經常跟對錯無關，而只是因為對方的一個決定而已。

　　所以，絕對不要只是因為對方的一個選擇，就讓自己變成錯的、或是不好那一方。他無權決定妳的好壞或對錯。不是他已經走開，妳就只能留在原地，其實妳跟他一樣也有選擇權，妳也可以選擇不要，然後把他忘掉。親愛的，也許妳現在一時還無法做到，但總有一天，妳會發現這個儀式，其實還有最後的那部分，那就是「慶幸」，慶幸自己當時勇敢地做到了，後來才有機會去遇見那個更懂得珍惜妳的人。

　　是的，妳會再回到「一個人」的生活。也許一開始會有點孤單，會有點不習慣，可是妳會記得告訴自己不要急，因為真正重要的，並不是很快地找到另一份感情來代替。妳的首要之務是先努力去找回「一個人」的快樂，確定自己真正想要的快樂的樣子。這樣當我們又遇見了另一份「兩個人」的快樂，我們才會知道，它是不是真的有比「一個人」的快樂更好？

　　「親愛的，一定要更快樂，才去愛。那一直是『愛』最基本的道理；那也才是我們當時選擇去愛的理由。對不對？」我看著前方說，我們在這麼多年後再次相遇，我們說著大人的語言，說著大人的世界裡最難懂的愛情的道理，可是我知道她聽見了，而且我知道，

她會懂的。

　　就在司儀宣告禮成的那刹那，我起身，我趕著去搭回台北的高鐵。

　　「下次到台北來找我，堂哥請妳吃飯！嗯⋯⋯還有，加油啦！」我說，我突然想起來，曾經也對著當年那個還流著鼻涕的小女孩說過的：「好啦！妳乖乖待在家，我們打完球回來帶糖果給妳吃喔！」

　　就在那刹那，我們的眼神交會了，那是我們今天第一次的眼神交會，哈！小女孩真的長大了！那是堂哥那麼輕易就看出來的，妳的美麗和聰明，妳一定值得一個更好的男人。

　　然後，我把它寫在這裡，我知道妳會看見，那是每個大人，因為擔心小孩們會忘記，於是在最後總是還要再囉嗦一次的話：

　　一定要比「一個人」更好，才去愛。

　　妳幾乎想不起來，自己究竟是從什麼時候，開始喜歡上那種「型」的男人？妳只知道，後來每當自己在形容一個覺得還不錯的男人的時候，總是會在最後加上的那句：他是「我喜歡的型」。

　　妳一直在尋找那個「妳喜歡的型」。妳很務實，「妳喜歡的型」也不是多舉世無雙。可是，他會很特別！多特別其實妳也說不上來，但絕對不會是在路上，隨便看就一大把的那種男人。就好像，妳從來也不期許自己，去成為路上隨處可見的女人一樣。

　　那是妳對自己的堅持，是妳對幸福的企盼，於是「妳喜歡的型」，成為妳潛意識裡開啟幸福的一道密碼。

　　所以當妳終於遇到他，發現在世界上真的存在著「妳喜歡的型」，而他剛剛好也喜歡妳的時候，妳真的很難不馬上就縱身投入，那一份妳終於等到的愛。如果妳因此而得到幸福，那真的很恭喜妳，因為那是一個有志者事竟成的故事。

　　但有時候，那也可能是一個悲劇的開始……

因為「妳喜歡的型」，那個妳喜歡的外在，對應到的，不一定是一個會讓妳幸福的內在。

如果妳喜歡的型，是一個藝術家或浪子，那他可能不會想要安定，不會想要擁有一般世俗的人生；如果妳偏愛的，是那種很男子漢的類型，那妳就不要相信，這個世界真的有像喬峰那種又粗獷、又浪漫的男人；如果妳鍾情的，是那種很細膩的男人，那妳就不要同時又期待他，會有多霸氣的胸襟跟格局。

所謂「妳喜歡的型」，經常就只是一種外型而已，當妳終於遇上了，充其量，也只是一個好的開始。稱不上傳奇或特例，更不要讓喜悅蒙蔽了妳認為的「幸福」的標準。妳所有應該在那份關係裡面的檢視，就跟那份愛一樣，才正要開始而已。

最讓人心疼的，是妳明明已經發現那個人，其實並不適合自己，還要因為他是自己好不容易遇上的「妳喜歡的型」，而委屈求全、苦苦眷戀，期待有朝一日，他會因為妳的努力而改變。

如果妳喜歡的型，經常對應到的，是一個不會讓妳幸福的內在。如果妳發現自己，總是愛上同一種男人，最後得到的也總是情傷一場。那妳也許可以檢視一下，妳出於「直覺」而愛上的型，是不是還有用「智慧」調整的空間呢？！

妳喜歡的型，那是他天生就有的；他的內在，才是他後天努力的結果，才是你們後來會不會幸福的關鍵。

妳一直對一種型，很有感覺，那是妳天生對一種美的欣賞，就好像每次又經過一個櫥窗，看見一件妳很喜歡的衣服，從前妳會毫不考

慮就把它買下來……直到我們發現，當我們越依賴直覺，越是第一眼就決定要帶走的東西，往往也就是後來被我們遺忘在衣櫥角落的單品。

於是，現在的妳，更能夠分辨，它究竟適不適合妳？它究竟只是一件美麗的作品，還是一件可以在生活裡實際地陪伴妳的東西？於是，妳也開始可以做到，只是純粹欣賞、卻不迷戀，然後安靜地走開，繼續走向妳要去的地方。

因為妳一直知道：妳喜歡的型，跟妳要的幸福，一直都是兩件不一樣的事。

幸 福，
是 自 己 的
責 任

　　事情好像是這麼開始的，當妳開始渴望愛情，開始著急地想遇見那個可以給妳幸福的人，妳就在那一刻，失去了幸福。

　　事情也可能是那樣開始的，當妳失去他，失去了那份幸福，就在那個剎那，妳覺得自己不再幸福。

　　我們總是邊鼓勵著自己，告訴自己真愛就在前方，卻還是經常懷疑，這個世界到底存不存在，一份屬於我們的幸福？我們不只懷疑這個世界，我們也懷疑自己，懷疑自己究竟是哪裡出了問題？不然，我們怎麼會找不到幸福。

　　我們花在思考「那個人究竟在哪裡」的時間很多，我們投入在「為難自己」的時間很多，我們耗費在「哀怨」的時間很多……我們好像很少思考，自己為什麼一定要那份幸福？

　　是因為那份幸福總是閃耀著我們的想像，讓人以為生命中所有不好的遭遇，都可以被它療癒……所以我們才會一不小心就傾盡所有，只為了交換一份「愛」的幸福；所以我們才會在還沒找到「愛」的幸福之前，就先弄丟了，其他那

第一輯

一定要比「一個人」更好，

才去愛

些我們早就握在手中的幸福。

幸福，不是一種兌換，不是妳必須交出所有的幸福，才能兌換另一份新的幸福；幸福，是一種尋找，是妳帶著已經擁有的幸福，再去尋找，會讓妳的人生更豐富的幸福。

幸福，是一種轉化，是兩個各自都很幸福的人，願意拿出彼此的幸福，去轉化成另外一種幸福；幸福，不是一個終點，不是妳一旦找到它，就會永遠幸福，而是要努力耕耘，才會一直幸福。

真正的幸福，是妳對「現在的自己」跟「過去的自己」，都一樣喜歡。妳從來不會否定自己的「過去」，妳過去所經歷的一切，不管是對或錯的，不管是快樂或悲傷，它們都是好的，因為是那些過去，才成就了妳的現在；妳同樣喜歡自己的「現在」，因為那是妳好不容易才積累的智慧和自在，是妳終於不再為難自己的想得開。

幸福不是來自外在的給予，不是別人不給我們幸福，我們就不會幸福。幸福是一種內在的能力，不管我們是在「一個人」或是「兩個人」的狀態，都可以感受到不一樣的幸福。那是妳始終握在手心的幸福，始終溫暖著妳的溫度，它不會瞬間崩塌，也不是別人可以取走。

妳總是會記得用一段時光，陪自己。用音樂、咖啡或是一本書，用妳最愛的單純，修補自己的心。靜靜地，用一段時光，陪妳心中的那個小女孩說話。妳會告訴她，要記得勇敢；而她會告訴妳，永遠不要忘記，當時妳曾經擁有過那麼燦爛的單純和喜悅。那就是妳後來學會的，只有幸福可以癒療幸福；也只有幸福，才會帶妳去找到，更多的幸福。

好命的人，是因為她覺得自己很好命；快樂的人，是因為她一直看得見快樂；幸福的人，是因為她知道，讓自己幸福……

　　一直是自己的責任。

＃ 曖昧，只是
愛要跨過的
最低門檻 ¶

　　曖昧，一定有它的甜。不然，妳也不會那麼苦，卻還是心甘情願地留在「曖昧」裡。

　　曖昧的甜，甜在它是一份愛的入口，只要穿過了那個入口，從此以後，我們跟那個自己喜歡的人，所發生的任何事情，都可以稱之為「愛」，從此進入了「愛」的國度。

　　曖昧的苦，苦在妳的想像——那是妳對一份「愛」的美好想像，當妳把它想得越甜，妳就越苦。因為在還沒有拿到那張入場券之前，妳知道那可能只是一個空想，那份「疑似」愛的關係，脆弱得隨時可能灰飛煙滅，就像從來沒有發生過一樣。

　　妳可以接受愛有觀察期，妳不明白的是，為什麼他需要的觀察期那麼長？妳最不懂的是，如果那還不是愛，那他為什麼要一直接受妳對他的好——那些早已經超過朋友的身分，可以對對方的好。

　　那些他說過的模稜兩可的話，還有那些他做過，卻從不明示為「愛」的行為。它們有時候讓妳充滿希望，有時候又讓妳灰心沮喪，那不是妳想要的「愛」——妳甚至連那是

不是愛，都還不確定，就已經先深受其害。

我們從來無法準確地猜測，一個人的想法；也不認為，如果對方在我們的暗示或明示之下，又給了一個我們必須繼續猜測的說法，對我們會有任何意義。

可是，我們會「將心比心」。那是每個人都應該要會的——用自己的心，去對比對方的心。

妳對他有幻想，想跟他一起努力經營一份愛，妳知道那將是一場賭注，可是妳願意承受風險，也願意下決心，一切都是為了一份幸福的可能。

如果他的心，有任何一點點像妳，那他就不會這樣，讓自己跟那份幸福若即若離，不急切得到，也不害怕失去，把妳一個人流放在「曖昧」的無邊曠野裡。任憑妳苦苦揣測他的心意，甚至還幫他找理由，都忘記了自己正在耽誤的青春，還有妳只有一次的人生。

「曖昧」只是愛的入場券，並不是愛的保證書。我們從來不會只因為，跨越過了曖昧，就一定會得到幸福。

當我們終於進入了愛，愛的路程，也才要開始而已。愛的路很長，路上的挑戰還有很多，而可以讓你們衝過那一切的，並沒有任何捷徑或偏方，就是兩個人都願意，在愛的過程裡，一直牽手努力而已。

而一個從一開始，就不願意跟妳一起努力的人，我們又怎麼期待他，可以在未來，為那份愛做出什麼？！

每份愛，都有它的「曖昧期」，它們有的長、有的短。每個人，都嘗過曖昧的滋味，它很甜、也很苦。於是總會有人會忍不住先伸出手，

第一劃
一定要比「一個人」更好，
才去愛

邀請對方，攜手走上愛的道路；也有的人，因為得不到對方的答案，於是只能嚥下那個由世間的至甜，調出的至苦。

　　而那些苦苦等待的人，最後往往都還是會離開。他們覺得遺憾，覺得可惜，覺得自己是不是錯過了「什麼」？

　　妳其實沒有錯過什麼。

　　因為那是一份，從來沒有真正開始的愛。

　　「曖昧」只是一場愛最低的門檻，而他連那個門檻，都沒有勇氣為妳跨過。

　　於是，聰明的妳，就應該勇敢地跳過他，因為妳知道，一顆勇敢的心，本來就應該屬於，另一個跟妳一樣勇敢的人。

別 讓 複 雜 的 人 ，

混 亂 了 自 己 的 人 生

別讓複雜的人，
　混亂了自己的人生 ¶

　　妳一直以為，當人們決定要愛一個人，一定會很專心。
相愛是兩個人的事，是兩個人在那個世界裡，只看見彼此。
後來，妳才發現，原來愛情沒有那麼簡單。

　　原來愛情也有可能只是「一個人」專心，專心愛，還
有專心思考對方所說的那些理由。

　　他無法對這份感情專心的理由很多，他說自己「目前
還沒有想要談感情」，可是他沒有拒絕妳對他的好，他說妳
是全世界對他最好的人，可是即便妳是世界冠軍，他還是沒
有把這份關係準確地定義成「愛情」，妳偶爾覺得他是情人，
偶爾懷疑他只是把妳當作朋友。

　　還有一種「無法專心」是妳一開始被矇騙，直到後來
才發現自己竟然是第三者。妳好幾次哭著跟自己說，妳沒有
那麼下賤，也沒有人生來要立志做第三者……可是妳的眼淚
最後還是輸給了他的眼淚，那是妳突然看見，他為了愛妳而
失控的脆弱，他求妳再給他一些時間，妳說好，妳以為自己
隨時都可以離開，後來才發現那份愛已經生根，而且牢牢地
把妳困在泥淖裡。

24

妳並不傻，妳不是太相信他，妳是太相信「愛」的可能。所以妳把他的問題，也當成自己的問題。每個他給妳的理由，妳都會認真思考。它們有的荒謬、有的天真，但只要有一絲絲的可能，都可以讓妳徘徊其中，讓妳一不小心，就在那個感情的迷宮裡，再次迷路……

　　妳不知道那樣的念頭是在什麼時候跑進腦袋裡的，妳突然覺得，那一定是因為妳還不夠好的緣故。那明明是一種對自己的懷疑，可是妳竟然深受鼓勵，於是妳更努力對他好，希望能等到他的珍惜，妳以為那是一條妳終於找到的路，卻越走越發現，自己怎麼會離幸福越來越遠？！

　　妳才終於明白，值得吃的苦，是他會捨不得妳吃的苦；是要有人會心疼的付出，才是妳真正值得的付出。感情不是作功德，只有一個人單方面的努力，默默獨吞的苦，到最後都不會修成正果。

　　後來，妳才明白，並不是每個人都可以像妳一樣專心，只經營一份感情，只專注愛一個人。並不是每個人想要的愛，都像我們這樣簡單，就是很用心地對一個人好，而我們要的，也只是對方也可以對我們好而已。

　　妳終於明白，他接受著妳的好，卻始終無法專屬於妳的原因，並不是因為妳不夠好，更不是他說的那些奇怪而複雜的理由；真正的原因很簡單，就是因為他很貪心而已。

　　妳決定放開手，不讓自己的感情，繼續在夾縫裡求生存。妳終於懂了，人生只有一次，所以一定要把最珍貴的真愛，交給一個值得的人。於是妳奮力邁開大步，我們永遠無法確定一份愛會不會永遠，但是我們絕對可以選擇，自己是不是正努力走在一條通往永遠的道路上。

♯ 尋　人
啟　事 ¶

　　我跟情人坐在車上，一個出太陽的好日子，我們帶著三隻狗狗正要去爬山，車子在一個紅綠燈停下來。

　　遠遠地，我竟然看見你走來……

　　親愛的 —— 那是我當時對你的稱呼。我們應該有十五年沒見面了，對不對？

　　其實十年前我找過你。

　　那時我因為預付了 DVD 出租店的費用，而得到了一張免費電影票。農曆大年初五的台北市，人潮冷清，明明是很紅的電影，偌大的電影院，卻只有兩個觀眾。那部電影的情節太像我們的故事，在我以為自己已經徹底忘記、已經足夠堅強的時候 —— 親愛的，我突然想起你，剎那間淚水潰堤……

　　在我又去看了那部電影五次之後，我決定找你。

　　我早就丟失了你的電話；一如你當年丟掉我。

　　我在救國團上班的一個好朋友，先罵我是白癡，可是最後她還是很夠義氣地動員了組織的義工系統，憑藉著我給

27　第二劃
別讓複雜的人，
混亂了自己的人生

她的唯一線索，將這則尋人啟事發散出去。

那是多年前你從台東給我寫過的一封信，上面有你老家的地址。那封信記錄了我們最好的時光，我想過丟掉它，但最後還是捨不得；我從沒想過，那會是我多年後尋找你的唯一線索。

好心的義工，幫我去按了你家的門鈴，據說開門的是你媽媽，她還住在台東老家。

我最愛她做的粽子，我每次去，她都會特地包粽子給我吃。我還記得，我被你丟掉的那天，我裝作沒事一樣，回你家拿行李，一進門就撞見媽媽，我說因為臨時有事情，所以要走了。

媽媽要我吃完剛蒸好的粽子才能走，我當著她的面硬是吞下了兩顆，平常那麼好吃的粽子，變成一大坨東西梗在胃裡、梗在心裡，結果媽媽一轉身去廚房幫我外帶粽子，我就哭了……

媽媽說你住在高雄。還熱情地給了你的手機號碼。

是的，我因此又重新找回了那個號碼。

我猶豫過，但還是打給你了。

你的聲音沒有變，我依然可以想像出來，你在電話那頭說話時的樣子。你們還在一起，那樣很好，那讓我覺得你當年起碼不是隨便就做了一個決定。我可以感覺你很開心接到我的電話，有很多話想對我說。

我承認，是我刻意讓那通電話的通話時間變短的……

親愛的，因為連我自己都不明白，我為什麼要找你。

29

第二劃

別讓複雜的人，
混亂了自己的人生

也許是因為在「愛情」的記憶碟裡，每個人都有一個自己的機密檔案，裡面有一個檔名叫作「第一次」：

　　那是第一次有人先爬到高處，再回頭拉你的手；第一次有人在雨中為你撐傘，自己左邊的肩膀卻全然濕透；第一次在冷風中，他從背後摟住你，成為你取暖的大衣，一起遠眺半山的夜景；你第一次想念一個人，而你確定他也正在想念著你……那些每個人各有不同，卻總是稍縱即逝，一旦經過了就不再是第一次的「第一次」。

　　而我的許多「第一次」，來自於你。

　　所以珍貴、深刻，即便那個故事到後來斷裂了，變成散落一地的珍珠——它們從此成為我自己的珍藏、我守在心中的甜「秘密」，捧在掌心，而且千金不換。

　　請原諒我，後來沒有再接你的電話。自從那通電話之後，你每隔幾天就會打來，每當手機螢幕又亮起你的名字的時候，都讓我怵目驚心。

　　我們那次通的電話，雖然時間很短，還是足以讓我輕易猜出，你們感情應該不算好，你匆忙說出的那句：「我剛換新工作，接下來每星期都要去台北兩天，我可以去找你。」

　　我沒有回應你，但那並不意味我沒有聽懂你的意思。

　　在愛情裡，被丟在原地的那一方，領受了所有的痛苦。我們在那個痛苦裡「暫停」，雖然盡力讓自己作息如常，經常自以為走了千里路，卻在某一個恍然察覺的時空裡，發現自己還停留在原點……我們總要經過那一次又一次的痛徹心腑，有一天終於可以奮力起身，走出

了自己的路。

親愛的，即便當時的我很孤單。但我已經悄悄地經過你，走出自己的路了。

你很難瞭解，也只有被丟掉的那方才會瞭解，當生命有多大的痛楚，就會有多大的成長。我現在也已經可以很豁達地說：「也許那就是被甩的人，最後發現自己所得到最大的福利。」

如果說我在電影院的眼淚，是多年後終於洗滌傷口的最後一場春雨。那我打給你的那通電話，就是雨後的那道彩虹。曾經我以為那絕對不可能，但現在我已經可以在那道彩虹下，遠遠地祝福你。

這個路口的紅綠燈時間很長。我看著你慢慢走過來，走過我眼前的斑馬線……

我笑出來。

「你在笑什麼？」身邊的情人問。

「開心啊！今天天氣這麼好，好久沒去爬山了。」我笑著回答。

親愛的，這應該是我在心底最後一次這麼叫你。我現在知道為什麼要打那通電話了，我其實真正想說的是：謝謝。

當年你說要帶我去的那個旅行，他帶我去了。

我想那是一則失敗的尋人啟示。

因為十五年後，我才真正又見到你。

但那沒有關係。

第二劃

別讓複雜的人，

混亂了自己的人生

因為在找到你之前，

我已經先找到我自己。

害 怕
太 認 真 ¶

　　妳對工作很認真，只要是對事情好的，妳總是會盡力表達自己的看法，而且一往直前，從不後悔。

　　當妳遇見一個喜歡的人，答應了他的邀約，妳開始享受那些美好的約會；同時也提醒自己，絕對不要先表態，不要太輕易就洩漏了對他的愛意，尤其是妳對這份感情的「認真」。

　　因為誰先「認真」，誰就輸了。

　　彷彿那就是愛的慣性定律，在愛情裡，先承認「我喜歡你」，先希望「開始交往」的那一方，接下來，就好像會愛得比較辛苦。

　　於是，妳在他每次打電話來的時候，假裝妳正在忙，極力演出自己的隨興跟不在乎，即便，妳其實在上一秒，才剛剛又想起他。

　　「今天晚上有空一起吃飯嗎？」他問。

　　「歐，這樣啊！我看一下歐……」妳沉默了三秒，好像妳真的去翻了行事曆，其實妳很開心，而且就算已經有約

第二劃

別讓複雜的人，

混亂了自己的人生

了，也一定會去取消的。

「今天晚上嗎？應該可以。」最後，妳平靜地說。

妳不喜歡在感情裡，先承認自己的「認真」，有可能是因為尊嚴、因為害羞……但最大的原因，是因為妳發現自己在過往的愛情裡，總是一不小心，就愛得比較深。

因為愛得太認真，就很容易愛得比較深。

妳在愛情的每個階段，不斷地提醒自己：從曖昧不明的時期開始，到妳決定愛上他，直到你們開始磨合相處，妳給自己下過的指令很多，其中最頻繁的，就是不要太認真，因為越認真越容易失去，越認真越容易受傷 —— 但愛就是這麼玄妙的東西，妳在裡面，越提醒自己的，就越容易犯那個錯；越裝作不在乎的事，就越容易困擾著妳。

妳不明白的是，為什麼他眼中的愛情，可以是一條有進無退的路，他可以一路直直地往前走，在那條路上，隨時重新選擇他想要的伴侶；不像妳！一路上提醒著自己要灑脫跟不在意，卻在失去他的時候，還是發現自己又回到原點，甚至失去了再出發的勇氣。

於是，對工作、朋友，甚至簡單到一個嗜好，因為喜歡，就認真熱情投入的妳；卻每每在遇到愛情，是不是要認真的時候，讓自己的理性和感性，產生了巨大的拉扯和爭論。

只是，親愛的，妳真的認真看過自己「認真」時的身影嗎？

那是妳認真地做一件事情的樣子：妳專心投入，細細雕鑿，即便妳知道，其實做到這樣就可以了，但那不是妳的標準，妳的標準並不是為了任何人，而是對得起自己。因為妳是真心喜歡它，更重要的是

妳在完成它的過程裡，是如此地享受著，從來不會先預設它的目的跟結果。

那就是當妳認真時，最美的身影。

妳總是太認真，總是愛得比較深 —— 妳一直以為那是妳的缺點，也一直懊惱著，自己常常在下一段感情裡，又犯了同樣的錯。其實妳並不是一個愛犯錯的小孩，因為那並不是一個過錯；因為只有認真的身影，才能真正深耕一份真愛；也只有認真的身影，才能吸引另一個認真的人，因為彼此珍惜彼此的認真，然後，認真地走下去。

第二劃

別讓複雜的人，

混亂了自己的人生

是 應 該 吃 的 苦 ，
還 是 我 們 自 討 苦 吃 ？

　　妳很早就知道，想成功就不能怕吃苦，所以我們並不抗拒吃苦。只是後來，當我們遇見「愛情」，開始在「愛情」裡吃苦的我們，還是會忍不住疑惑：「愛情」跟其他的事情一樣嗎？我們究竟應不應該為了那份愛，而吃那些苦？

　　愛的一開始都是甜的，那就是兩個人在一起的快樂。然後我們才開始體會到愛的苦，那是當兩個人分隔兩地，思念的苦。後來，妳在那份愛裡經歷了更多，除了甜蜜，也開始走過那些爭吵、冷戰、辯論或溝通。

　　我們在一份愛裡的很多學習，過程都是辛苦的。一開始我們會抗拒那樣的學習，它們可能是包容、體諒，甚至還有一些妥協，那跟我們原先所想像的愛，並不一樣。我們後來之所以欣然接受了那些功課，也是因為愛，因為妳真的很喜歡這個人，希望跟他一起走下去，於是妳嚥下了那些辛苦，然後在偶爾覺得氣餒的時候，鼓勵自己說，這就是每個人為了要讓愛更好，都應該吃的苦。

　　也還有一種愛，從一開始就是苦的。那是妳曾經進行過的一場苦戀，苦戀都是不確定的，妳經常懷疑那究竟是不

第二劃

別讓複雜的人，

混亂了自己的人生

是愛？妳唯一確定的是自己的「放不開」。讓妳放不開的原因很多，那是他在這一路上所給過妳的那些細碎的線索，旁人看起來都不成立的，妳卻每一條都記得清清楚楚。全世界也只有妳可以理解，讓自己放不開的原因，是因為妳覺得你們真的很有緣分，於是妳遵從著「緣分」，繼續前進。妳在那份愛裡的甜，都是想像中的，那是妳邊吃著苦、邊想像著你們的未來，那是妳渴望的「苦盡甘來」。

後來，妳才發現，原來緣分也有「好緣分」跟「壞緣分」的分別。好緣分，會讓兩個人想一起努力變好；壞緣分，是妳用再多的好，也換不到一點點珍惜。

後來，妳才明白，判斷要不要吃那份苦的方法，就是對方是不是也願意一起吃苦？是不是跟妳一樣相信，這份苦吃得很值得，因為最後會讓你們的愛變得更好。

我們總是要到最後才覺悟，原來把自己放在錯的緣分裡，為不懂得珍惜妳的人吃苦，是多麼的不值得。

我們總以為尋找到那個人，是因為他可以成為妳的倚靠。其實妳真正倚靠的，並不是一個人，而是一份妳可以放在心中的愛。是那份確定的愛，讓我們勇敢，讓我們的心中，從此有了一座山的倚靠。

是真愛的勇敢，讓我們願意吃苦；而不是我們勇敢吃苦，就可以得到真愛。

有些苦，應該要逼自己吃，因為吃了才會讓自己更好；有些苦，要逼自己不能吃，因為就算吃盡了苦，最後也只是自討苦吃。

最 好 的 幸 福 ，

是 一 起 長 大

最好的幸福，
是「一起長大」

　　妳一直在尋找「幸福」，直到妳遇見他，妳覺得自己已經找到幸福，因為你們曾經很快樂，一起去過很多地方，一起做過很多事情，就像所有的戀人們都曾經經歷過的那樣。

　　直到有一天，你們的生活裡突然出現了「吼！都老夫老妻了，還需要⋯⋯嗎？」這樣的句型，你們之間有很多事情開始被簡化，「老夫老妻」開始除了代表一種關係，它同時也成為一種幸福的簡化句。

　　妳開始懷疑，戀人們是不是到最後都會那樣？當你們在那場幸福裡，已經走過了所有的戀人們都會經歷過的快樂之後，是不是就應該停下來休息？最後，是休息，還是終止？那些因為「老夫老妻」而休息的戀人們，最後真的成為夫妻的，又有幾對？而說好的休息，最後還能再一起出發，繼續一直幸福的，又有幾人呢？

　　每份愛的開始都很像，甚至連過程都差異不大，它們最大的差別，是「結果」。而所謂的「結果」，並不只是他們後來有沒有結婚？不是他們後來有沒有生小孩？而是那

40

份關係，最後變成什麼？妳看過一些曾經很相愛的人，他們最後很自然地分開，妳覺得那樣很好，起碼比到最後撕破臉好；其實，最後能勇敢地撕破臉也很好，總比那些終其一生不再交流，把彼此像陌生人囚禁在婚姻牢籠裡的人好。

妳努力追尋幸福，也從不囫圇吞棗，一旦確定那是一份已經握在手中的幸福，就會細細耕耘和品味。從前的妳，會以為幸福就是快樂，但現在的妳已經不在一份愛裡，只期待看見快樂。有時候，妳甚至會希望也看見一些真實的辛苦，是兩個人不只能一起快樂，也可以一起吃苦。妳覺得一個願意為妳吃苦的人，會比一個總是逗妳開心的人真實；一個總是願意跟妳討論妳的感受的人，會比一個無條件寵妳的人真實。

妳現在要的幸福，並不是「遇見」，不是妳遇見一個人，就永遠得到了幸福。妳開始明白，真正的幸福，是「成長」。是兩個不止相愛、不止適合，還要願意一起成長的人，才能讓幸福不斷滋長，才能讓那份關係，還有繼續幸福下去的機會。

妳聽過一種幸福，叫作「一起變老」。從前妳覺得那樣很美，但後來妳更喜歡的幸福叫作「一起長大」。妳不再設限、不再堅持，一定要在愛裡看見什麼，因為那些堅持要看見什麼的人，經常會在到達目的地後就停下來；妳開始認為愛是一場共同發現，是兩個願意一起成長的人，總是相信，愛會一直帶引你們到從來沒去過的地方。

從前，妳以為會讓人幸福一輩子的，是好運；現在妳已經明白，會讓幸福永遠留下來的，是兩個人都一直可以在那份感情裡獲得的成長。那是妳一直努力的目標，妳希望他也能懂，其實要幸福一輩子真的不難，就是兩個相愛的人，都又多明白了這個道理而已。

第三劃

最好的幸福，

是「一起長大」

「一個人」或
「兩個人」的選擇

　　小君溜出門的時候，阿偉正在睡午覺。

　　她有點悲傷、有些無奈，她最多的情緒，是憤怒。那
是週日的下午，台北建國假日花市，還有兩個小時就要
打烊。

　　小君一直想要一棵樹，養在客廳的落地窗邊，一定很
有感覺。她找那棵樹，已經找了好幾個月。她剛剛提出去逛
花市的建議，可是阿偉說，他今天想睡午覺。「為什麼一定
要今天去找呢？！」阿偉最後生氣地說。

　　「一個人」走路，一定比「兩個人」走得快。

　　小君比預期的時間，更早就走到了花市。換做是從前，
兩個人要一起出門，不算彼此要互相等待的時間，光是兩個
人要一起晃過來，就絕對要超過半個小時，她今天卻不到
十五分鐘就走到了，連她自己都嚇了一跳！

　　「一個人」做決定，一定比「兩個人」做決定簡單。

　　小君早就為那棵樹定下的「五個標準」：樹型要美、茂
密、好養、可以半日照、價格不貴。而已經耗費了好幾個月
去找的標準樹，竟然就在花市的第一個攤位，就讓她看見

了！她覺得一定是因為那棵樹，對她發出了一個召喚，讓她突然想今天來！又也許，是因為今天阿偉沒一起來，沒有人會在身邊提出其他的意見。總之，小君很快地就決定買下它！詢價、殺價、約好送貨時間，簡單、快速，一氣呵成！

離花市打烊的時間還有一個半小時，她看著花市裡那麼多美麗的花，那是她好久沒有的「一個人」的悠閒時光，可是她心底想著的，卻是他們「兩個人」的關係……

「『一個人』的目標，一定也比『兩個人』的目標，容易達成，對不對？！」她的心底突然冒出這句話。她覺得自己這句話說得真好，好得讓自己又感傷又難堪……想重新布置他們的家，是她在半年前，突然有的目標。於是她開始換了沙發、餐桌、茶几，直到最後，只剩下一棵樹，那個目標就可以完成——可是那從來都不是阿偉的目標，「東西都還好好的，為什麼要換呢？」阿偉一開始這麼說，「該不會到最後，連男朋友都要換掉厚？！」阿偉也曾開玩笑地這麼說。

那些家具，都已經用了十年了。十年前，她在剛布置好那個家的時候，遇見阿偉，今年也是他們交往的第十年。阿偉說的那些話，小君當然不會放在心底。她越來越清楚的是，在兩個人的世界裡，如果想要完成的，只是一個人單方的目標，那些原本她一個人，很快就可以完成的過程，為什麼會因為身邊多了一個人、多了一個她習慣依靠的肩膀，就會讓簡單變得複雜呢？！

「所以，『一個人』真的比『兩個人』好喔！」她才剛剛這麼想，就看見了花市的梅花，才剪下來一枝，就那麼美……卻遠遠不及，她和阿偉上個月在桃園復興鄉，看見的那一整片的梅花海。那是他們上

個月的一趟小旅行，因為是「兩個人」的旅行，所以一切都進行得很緩慢，他們走得很慢，在彌漫著山嵐的小山腰上，小君發現了一間苗圃，她馬上想到自己想找的樹，於是他們慢慢晃進去，那裡面沒有一棵適合她的樹，可是他們看到了好多奇特的植物，就在走出苗圃的時候，撞見了外面一大片的野生梅花，在霧氣中傲然綻放，那是她整趟旅程中，最意外、也是最美的風景！

那是她如果是一個人，一定會快進、快出的苗圃。然後，又帶著希望，急忙地向下一個可能會出現苗圃的地方奔去！那是她沒有機會停下來細細欣賞的花海，還有，後來他們還在下山的小徑上，嘗到了美味的現炒香菇和那麼濃郁的桂花釀……

兩個人，真的比較慢。可是這個世界的很多風景，就是要慢慢走，才能細細欣賞；兩個人，一定比較慢！但就因為我們還是比較喜歡「兩個人」，所以就不要用無奈或焦躁的心去感受，而是應該好好享受，那些本來就比較慢，也只有兩個人，才會看見的世界和風景。

小君在走出花市的時候，就是這麼想的。

那棵樹的效果，跟她想得一樣好。他們在那棵樹下，過了第一個有樹的聖誕節，他們一起把聖誕燈、紙星星掛上了那棵樹，在樹下喝酒，在燭光中聊天，那是一個溫馨、浪漫的「兩個人」的聖誕夜；當裝飾撤除，那經常是阿偉不在家的時候，小君會先幫自己泡一壺熱騰騰的花草茶，然後窩在樹旁看書，那是一個只屬於她的大軟墊，那是一個只屬於她「一個人」的浪漫時光。

「一個人」還是「兩個人」？一直是一種「妳高興就好」的選擇。

最怕的是，當妳選擇了「一個人」的時候，卻還是羨慕著「兩個

第三劇

最好的幸福，

是「一起長大」

人」才有的陪伴；而當妳在「兩個人」的狀態裡，卻還是渴望著「一個人」的自由。

　　所以後來小君選擇第三種。

　　最好的愛，並不是只能愛他，而是妳也可以同時愛自己；並不是只能依賴他，而是妳也可以一個人，擁有美好的時光。於是，妳才真正擁有了自己，跟雙倍的愛。

20、30、40 的
愛 ing ¶

那是我們當時終於等到的二十歲。

妳應該有一件迫不及待要完成的事情：拿一張汽車駕照、名正言順地化妝跟穿高跟鞋、跟姊妹淘一起出國自助旅行、離開家自己住……二十歲可以的「理直氣壯」很多，而我們最想要的，是一份美好的愛情。

二十歲的我們，比較喜歡城市，比較喜歡發生在城市的愛情電影，因為城市的可能性比較多，我們相信那些可能，相信浪漫電影裡的情節，就好像我們相信自己的真愛，可能在下一個轉角就會發生。

我們很容易在二十歲的時候，把「愛情」當成人生唯一的事業。很努力地幻想，也很努力去執行。我們對每份愛都一樣奮不顧身，因為我們認為愛是一種「遇見」，只要遇見一個對的人，這個世界的下一秒，就會跟上一秒截然不同。

所以二十歲的我們，對愛情花費最多的時間，是在判斷這份感情的真假。我們很怕愛錯人，很怕對方用的不是真心，因為我們一旦放了真感情，一旦走上那條愛的路，就很難回頭。妳可以說我們真的沒有大將之風，因為最後終於承認錯誤的我們，對每一份錯愛，都同樣會拿不起、又放不

第三劃

最好的幸福，

是「一起長大」

下，那不是我們在那個年紀，可以提早準備好去承受的痛⋯⋯

可是，我們很勇敢。那是我們後來才發現的，因為我們總是很快又會遇見另一個人，然後用同樣的真心，去測試那份愛的真假——那就是我們二十歲時，最美好的青春跟勇敢。

那是後來我們一眨眼就變成的三十歲。

比起動不動就想裝成熟的二十歲，三十歲的妳，更喜歡自己偶爾還有甜美的能力。妳擁有許多經驗跟權力，妳開始可以迅速地判斷，那一件東西，是不是真的適合妳？是不是真的會讓妳快樂？當然，也包括愛情。

所以三十歲的我們，經常對愛情花費最多的時間，是在判斷自己的付出跟回收，是不是成正比？妳知道那是一份真愛，可是光是一份真的愛，還不夠。因為兩個人除了相愛，還要相處。因為兩個在一開始很相愛的人，最後也有可能因為相處不來而分開。

因為妳不想那樣。妳承認自己已經沒有那麼勇敢；又或許是因為三十歲的妳，比起二十歲的自己，更懂得珍惜。妳在這個階段，對愛情比較虛心，妳大多數對於愛情的道理，都是在許多個三十幾歲的夜晚，一個人慢慢地融會貫通的。

那是我們終於學會的，兩個人之間的付出跟回報，其實很難精算。而所謂愛情裡的「公平」，並不是誰愛誰多？誰對誰比較好？而是兩個人，不只在快樂的時候，也要能在吵完架之後，都可以靜下來想想，都願意公平地接受，其實對方也是這份感情裡的二分之一，也有他擁有的，希望這份愛更好的權利。

我們在這個階段裡，最務實的學會是，如果妳很確定知道，他是一個愛妳的好人，那只是遇見他還不夠，你們還要努力把它談成一場好愛。因為妳知道在這一秒遇見，下一秒就會改變世界的愛，可以有很多；可是一份真正的幸福，卻絕對要用許多時間跟耐心，才能成就。

　　於是我們開始願意給一份愛，更多機會；我們才逐漸看見，「愛」跟我們原先所想像的，那些不同的樣子。

　　三十歲，可以看見的風景很多，妳不再特別偏愛城市，妳覺得可以到郊外走走也很好。我們偶爾堅定、偶爾疑惑；偶爾選擇正確，當然我們偶爾也會犯錯，可是我們總是可以為自己的決定負責。在愛情裡，我們覺得自己在三十歲的時候，才真正的成年，那就是我們在三十歲時的聰明與美好。

　　那是妳有點抗拒，卻還是一定會走到的四十歲。

　　妳原本以為四十是一個恐怖的數字，妳發現其實大多數的驚嚇，都已經在39歲那年，被自己提早預習完畢。妳不再刻意提自己的年紀，連開玩笑的時候都不太會，因為妳發現這個世界，讓自己看起來年輕的方式很多，其中用錢也買不到的，是妳發自內心的快樂。

　　我們在四十歲這個階段，對愛情最大的在乎，是自己是不是真的快樂？是我們不只希望對方快樂，自己也要快樂。是兩個都覺得自己在這份關係裡很快樂的人，才會一直幸福。

　　而所謂四十歲的「快樂」，並不是二十歲時的轟轟烈烈，不是每一分鐘的想念，而是一種確定，是確定彼此的「常在我心」。我們開始明白，所謂的朝朝暮暮，一起到任何地方，一起做每一件事，都是每一份愛的過程，卻不是永遠的成立要件。

是因為兩個人真的曾經執著，要一起去走過一切，最後才發現，其實最好的旅程，是你們攜手一起走過的那些，彼此的不同；而最美的風景，是你們後來又一起看見的，那些愛在不同的階段，會展現更多的，愛的可能。

妳不再強迫自己，所以妳也不會再強迫對方。幸福，不是把對方變成自己喜歡的樣子，而是更懂得欣賞，對方的固執，因為他對妳的愛，也是他的固執的一部分；幸福，更不是凡事都要一起看見，而是可以各自帶著彼此的心，去經歷，最後再回來一起分享，因為分享，才是幸福裡最美好的那部分。

於是妳學會放過自己，放過那些妳曾經習以為常的規則，因為那就是四十歲的妳，終於可以好好享受的自在跟自由。

那是當妳四十歲時的回頭看，才發現自己的二十、三十歲的愛，原來都各有不同的樣子。那是當妳四十歲的向前看，才發現的，原來愛還在 ing。

我們都不是天才，所以才必須在生命的不同階段，自然而然地接受著愛的課題跟練習；可是我們可以是地才，我們可以努力跳級，如果愛真的是一本習題，那我們可以試著讓自己，也許不必經歷那麼多挫折跟痛苦，才學會幸福的重點跟必考題。

而當我們回頭看，如果不是當時自己的固執跟武斷，有沒有可能，其實我們的幸福，應該會更早來臨？

於是我們才終於明白，原來二十歲的愛情，也可以有三十歲的聰明；而三十歲的愛情，也可以提前學會四十歲的自在；而四十歲的我們，也永遠不要忘記，自己在二十歲那年，曾經對愛的勇敢。

因為，愛一直存在；因為愛一直 ing。

第三劃

最好的幸福，

是「一起長大」

在月光下，
一個女人 ¶

在每個月光下，都有一個女人……

那是剛遇見幸福的妳，那是妳剛結束跟他的約會，妳一個人走在月光下，妳在月光下想了很多，每一個畫面裡都有他，那是妳跟他未來的樣子，然後妳突然抬頭，覺得今晚的月亮好美、好圓，那是「幸福」的樣子。

那也可能是傷心的妳，妳在月光下走著，妳一個人想了很多，那是很多突然浮現的甜畫面，最後卻都是心酸的結局，那是妳回想這份感情的過程，妳的付出很多，妳以為自己可以真的做到無怨無悔，卻還是在剛剛發生的那件事情上，發現了自己的脆弱和不堪。妳要的真的不多，然而他卻連那一點都無法給妳。妳很想知道，是不是有很多在愛裡的女人，都像妳一樣？然後妳突然抬頭，妳覺得今晚的月亮好遠、好蒼白，那是「悲傷」的樣子。

那也可能是剛下班的妳，或者妳剛從跟朋友的聚會離開，妳覺得好安靜，妳已經很久沒有這樣，像這樣突然想起來，原來自己已經一個人很久了；像這樣突然問自己，「習慣一個人」究竟是好還是不好？而那段妳曾經覺得快樂的感

第三劃

最好的幸福，

是「一起長大」

情，如果當時不是那樣決定，不是做了那樣的選擇，現在的妳會不會比較幸福呢？

然後妳突然抬頭，那是妳很久沒有注意過的月亮，妳一如往常地回家，月光在後面把妳的影子拖得好長，那是很多的人和事「回不去」的樣子。

我們都是月光下的旅人，我們在月光下想起的事情很多，而每次當我們又突然抬頭，我們比較容易發現月亮每次不同的樣子；我們很容易忘記，其實那一直是同一個月亮；我們最容易忘記的，是每一次在月光下的自己，其實也都跟上一次，又不一樣了。

是我們每一次在月光下的「傷心」，才讓我們又更一次理解，「愛」一直是一場雙人的月光舞，是誰先提出邀請，並不代表誰比較愛誰，重要的是接下來兩個人的舞步；是誰又先跨出一步，也不代表誰比較愛誰，重要的是，對方是不是願意馬上追上來。

是我們每一次在月光下的「幸福」，才讓我們越來越明白，「愛」其實是一種責任。不是只執著在我們的付出，也要想想對方是不是也在別的地方付出；不是只忙著檢查對方是不是符合標準，而是也願意看看自己，是不是也真的盡到了愛的責任。是因為雙方都願意要求自己，於是愛才綿延出了牽掛。是因為那些牽掛，才可以把相愛的兩個人，真的綁在一起。

是我們每一次在月光下的「遺憾」，才讓我們真的看清楚，生命只有選擇，沒有真相。我們永遠不會知道自己當下的選擇，是不是真的正確？於是，我們只能對自己的決定負責，我們最需要的智慧，並不是選擇，而是在我們做了選擇之後，是不是真的可以不再浪費時間回

首，好好地經營眼前的幸福。

在每個月光下，都有一個女人……她們在陽光下努力，然後在月光裡進化，她們終於在月光下發現自己的改變，那是她從一出發就開始的積累，輕微到也許連她自己平時都看不出來，卻在這個安靜的月光下，那麼清楚的看見，其實自己又比從前進步了一些些。她們在這個安靜的夜晚裡突然明白，原來是所有的過去，才造就了今天更好的自己。

回不去，是很正常的。真的回不去的，都不是最重要的。

回不去，不是一種感傷，是事實，是妳終於努力進化的結果。

真的可以回去？妳會考慮。因為妳喜歡自己現在的智慧，還有看得開。然後妳突然抬頭，那是今晚的月亮，那是妳後來終於明白的，生命中最美好的，就是此時此刻的現在。

愛最珍貴的部分，是「堅定」

每一份愛，都會在成立的那一刻，覺得對方是自己當時最好的選擇。然後，兩個人一起攜手出發，從兩個人的世界，走向更大的世界……妳才發現，原來愛並不是只屬於「兩個人」那麼簡單，不會只存在於你們兩個人的小小世界，外面那個更大的世界，還有許多的誘惑，正在等待著要考驗你們。

你們從喜歡彼此開始，到後來一起生活。從只看見對方的優點，到後來也開始會因為對方的缺點而爭執。妳漸漸明白，原來每一份愛都是可長可短的，它可以毀滅在一場爭吵，也可以在一次爭吵後，更加茁壯。

關鍵是你們都想要那份愛，你們都願意在每次爭執後，彼此調整。而那些始終無法調整的，後來你們也都可以笑看泯過。因為你們都知道自己並不完美，而愛會帶給你們的快樂，並不是因為愛很完美，而是你們在那份愛的 一個階段裡，都得到了不一樣的快樂。

妳當然會在外面的世界，看見比他更好的人。可是妳也會在下一秒就認清楚，「欣賞」只是一個刹那的感受；而

「愛」卻是一種全面的生活。「欣賞」只是一個單一事件，而「愛」卻是兩個人好不容易才走過來的點點滴滴。妳一直很明白，拿一個妳只看見他的單一優點的人，去對比一個可以跟妳一起生活的人，其實並不公平。而所有的「欣賞」，當它沒有開始，就只是一次偶遇；是因為我們給了「欣賞」開始的機會，它才成為「誘惑」。

他當然也會在外面的世界，遇見自己會喜歡的女孩。他也許會認為自己可以做到「性」、「愛」分離，認為自己可以做到神不知鬼不覺，就像進了他最愛的「吃到飽」餐廳，都已經吃到胃快爆炸了，還要貪婪地再去試試，新口味的冰淇淋……如果他可以允許自己這樣，那他應該還不懂「愛」。因為他口裡說的「愛」，是只有他可以，而妳不可以；是只有他可以在愛裡，為了再多要一點開心，而忽略掉妳會心碎的可能；是他後來並沒有在你們的愛裡，又學到了更多的愛。所以他的「愛」才無法跟「性」合而為一，所以他能給妳的愛，即便嘴巴說得再堅定，卻其實不堪一擊。

妳從不相信，「騎驢找馬」或者同時跟許多人交往，是節省時間的好方法。因為不專注的愛，就很難有更深入的體會，永遠只能在同一個位置的愛，才是生命裡最大的虛擲。於是妳寧可勇敢做出選擇，在那份選擇裡付出真心，即便最後是錯的，也沒有關係。

因為妳一直知道，要遇見愛，也許需要運氣；但是只有專注和珍惜，才能把愛真的留下來。

要愛上一個人，不難；要相愛很久，比較困難。要想念一個人，不難；要讓自己堅定地在那樣的想念裡，比較困難。而我們之所以可以克服那些困難，並不是因為最初的「喜歡」，而是後來我們在愛裡

學會的「堅定」。是我們在一份愛裡，不止要堅定地對一個人好，也要能夠堅定地，只接受一個人對妳的好。

是因為那份「堅定」，才讓愛變得珍貴；是因為那份「堅定」，才讓兩個人可以繼續在愛裡成長。

我們從來不知道，愛可以帶我們走到哪裡？也無法預測那份愛，究竟是不是我們最後的將來？於是妳緊緊地牽著他的手，妳希望他也跟妳一樣，擁有著那份堅定，如果他也同樣地把那份堅定放在心底，不管未來如何，這份愛都很值得，因為你們曾經牽手一起擁有了，愛最珍貴的那部分。

♯
第
四
劃
♯

連想去的地方都一樣，

才是真正的伴

連想去的地方都一樣，
才是真正的伴

　　小蘭從沒想過會在十幾年後再遇到志瑋；她更無法相信，自己竟然會答應志瑋的邀約，雖然就只是在高鐵車站旁的小咖啡廳，一起喝杯咖啡而已。

　　「都還好嗎？」這個問題，志瑋剛剛在車站裡遇見小蘭的時候就問過了，但是她還是又回答了他一次：「很好啊！」她覺得自己用了更堅定的語氣。

　　過去這些年，小蘭就算過得再不好，都不可能比志瑋離開她的那陣子更壞了……十幾年前，他們是大學「班對」，志瑋是當完兵才唸大學，當同年紀的女孩們都在煩惱必須因為男友服兵役而暫時分開的時候，小蘭並沒有比較輕鬆，因為志瑋早就計畫要去日本留學，那是他的夢想，而且家境清寒的他，必須自己靠打工賺學費跟生活費，在預計的三年留學期間，他幾乎不會有多餘的費用再回來探親。

　　小蘭的環境也不算好，她還有學貸要還，但在「愛」裡好像就是這樣，女人就是比男人有辦法「付出」。她會努力攢下生活裡可以省下來的每一分錢，她裝了在當時還很貴的寬頻網路，她希望他每天都能有空視訊，志瑋不知道小蘭

60

每天跟他視訊的那五分鐘，對小蘭來說有多麼重要！那是她對抗寂寞的巨人的唯一武器；真的受不了總是 Lag 的頻寬的時候，真的再也承受不住一個人的時刻，她就打國際電話給他，彷彿藉著完全不失真的聲音，她才能持續想像得出來，他正在聽她說話的表情。

小蘭一直以為只要自己不會變，志瑋也不會變。她忘記了，人在異鄉的他，也許比她更寂寞；又或者，他根本就沒有打算要抵抗過寂寞……他很快地在日本認識了一個女孩，是他的同班同學，他哭著跟小蘭說對不起，因為那個女孩真的對他很好；小蘭在國際電話裡聽著志瑋的告白，那是他唯一一打給她過的國際電話，她沒有怪他，她的心痛早已掩蓋過其他的感覺，她沒有想到這份愛原來這麼脆弱。

「你應該過得還不錯喔！我看你在東京四處找美食，應該很快樂。」小蘭說，她常常因為朋友的臉書連結，也看到了他的臉書，小蘭發現志瑋後來迷上蒐集，他蒐集各種美食的經驗，他在臉書裡分享著四處去體驗美食、紅酒跟雪茄的經驗……都是美好的經歷，卻不是真實的生活，那種尋常夫妻會過的生活。臉書裡的照片永遠只有他自己，彷彿他最後沒有跟那個日本女人結婚一樣。

「你在日本，都自己去找那些好餐廳跟酒館，都不帶老婆一起去的啊？」小蘭最後還是忍不住好奇問了。

「都自己去啊！現在會覺得這個婚，好像結錯了，呵呵！」志瑋笑著說，他看起來有點遺憾。

但那一點都不關小蘭的事了，所以當時間一到，她還是馬上跟他說：「我的車快來了！我該走了！」然後他們互道再見，小蘭頭也不回地走向月台，當她坐下來的那刹那，列車正要開……

她突然覺得很慶幸，好在自己不是留在志瑋身邊的那個人，否則今天留在那間空房子裡守候的人，很可能就會是她，對不對？！

　　那些突如其來的、讓人難以接受的分手，在這個世界用各種不同的形式，不斷地上演著……我們總是心痛地以為那是一種「錯過」，惋惜著對方的不了解跟不知珍惜。後來，妳才明白，那些我們最後怎麼樣也留不住的，可能是因為緣分，但絕大多數的原因，是因為你們還是不夠適合。

　　留不住，並不是錯過，而是妳會遇見更好的。也只有懂得放手的人，才能抓住更好的幸福。

　　我們才終於懂了，不是所有遇見的，都會陪妳到最後。有一些人，只是行程跟我們類似的旅人。他們可能是買到站票，可能是坐錯位置，也可能只是暫時歇腳。

　　相愛，只是你們靠近的原因；要連想去的地方，都跟妳一樣的，才是真正的伴。要真的能一起經歷顛簸，卻還依然坐在妳身邊的，才是那個拿對車票的人。

　　這個道理，小蘭懂，非常懂……那班通往台北的高鐵列車，開始飛快地奔馳起來……那是她不管到何地出差，最後都急著奔回的地方，因為那是台北，因為在那個城市裡，一直有一個也永遠在等著她的人。那是她後來遇見的幸福，那是她當時懂得放手、持續前進，才有機會遇見的真正的幸福。

百年「好」合

百年好合，我們經常在婚禮的紅包袋上寫下這個祝福。

當我們愛上一個人，從確定要跟他交往的那一刻，那也是我們給自己的祝福，我們希望這段感情可以維持很久，不只開花結果，還要相守一生，每個人都希望自己的愛情，可以百年好合。

相愛的故事，很多；能走入婚姻的，少了一些；最後還能「百年好合」的，在越摩登的年代，竟好像越稀少……

但我知道一個百年好合的故事。

他們是我的外公、外婆。

在自由戀愛的現代，他們也許不會在一起。他們的個性簡直是天差地別：外公溫文儒雅，外婆直爽剽悍。他們因為媒妁之言而結婚。

在日據時代，所有農家種的米，都必須照比例上繳國庫，也只有我剽悍的外婆，敢背著我奉公守法的外公，半夜一個人背著比她還高的米袋，偷偷地去橋墩下挖洞藏起來。外婆每隔一陣子就去橋下偷挖米，多挖出來的米飯也只往丈

夫、小孩的碗裡填。她甘願冒著殺頭的罪，也不要終日勞碌的外公還要為三餐傷神，那是外婆對外公的好。

　　台灣光復後，外公當上農會理事長，在農業時代算是不小的官。有一次過年我跟爸媽回外公家，剛好人家來送禮。在那個進口蘋果非常珍貴的年代，我看見外公把那盒蘋果小心翼翼地打開，把所有的蘋果分給我們這群小孩，自己只留了一顆，好寶貝地放回衣櫃裡，還用鑰匙鎖起來。我問媽媽為什麼，媽媽說：「那是阿公要留給阿嬤吃的喔！」那是外公對外婆的好。

　　我念小學的時候，爸媽常常帶著我們還有外公、外婆，一起參加他們任教的學校辦的旅行團。每到一個目的地，我們就急忙地跳下遊覽車，想出去玩。

　　我一直記得一個畫面：當時已經七十幾歲的阿公一下車，就會馬上回頭，看阿嬤是不是也下來了？那個他每次很專注地尋找一個人的眼神，直到三十年後，我還記得；我也還記得的，是剽悍的阿嬤，每當阿公又在路邊等她，她就會很開心地慢慢走過來，他們年紀一樣，可是她的笑容像一個小女孩。

　　我大二那年，外公因為騎腳踏車跌倒而臥病在床。那時外公募款捐贈蓋的廟剛落成，那間廟後來也成為鄉民很重要的精神寄託，我們都相信是千歲爺保佑外公好起來的。

　　恢復了行動力的外公，智力卻開始慢慢退化，從此，外婆晚上睡覺就不關燈，因為外公會怕。每當半夜外公又驚醒的時候，外婆就會抱著他、拍著他，輕輕地說：「免驚喔！我在這裡，免驚喔！」外公開始變成她的小男孩。

第四劃

連想去的地方都一樣,

才是真正的伴

我出社會工作後，有一次帶朋友到鄉下玩，在廟前面的廣場遇到外公。我大聲地叫：「阿公！」

「你是誰呀？」外公竟然忘記我了。

「我是 XX 啊！」我很大聲地喊給他聽。

「阿公你做人這麼好，一定會吃到一百二喔！」那是我後來跟外公有一句沒一句的聊天內容之一，我以為他不會懂我的意思。

「阿公做人沒有很好啦！阿公這世人做得最好的，就是娶到你阿嬤。」

我一下愣住了，外公的記憶好像一下子又跟現實銜接上了，然後他說：「我們回去看阿嬤吧！」

剎那間，我覺得外公的情況應該會越來越好……

三個月後，外公走了。

外婆在喪禮上，替外公一一拜謝了來送他的親友，還有一些達官顯要。

沒有外公的日子，我們以為外婆接下來會很寂寞。但其實沒有。

因為兩個月後，外婆也走了。

外婆走得很急。

與其說外婆是因為生病，倒不如說他們太習慣牽著手走路了。外婆一定是因為擔心外公少了她，少了那根生命中相互扶持的拐杖，就急忙地去找外公了。

人們說那是喜喪、是福氣，外公外婆一樣，得年九十歲。

比起許多自由戀愛的戀人們，他們全無基礎，從婚姻的第一天才開始培養愛；他們沒讀什麼書，更沒聽過什麼愛情的道理。在那個含蓄說愛的年代，他們終其一生，也只有努力做好一件事情：

我可以怎麼對你「好」？

我們都曾真心相愛，也都願意對自己愛的人好，但是不是也在付出之後，就開始期待對方回報？又或者，我們經常只是一直期待、比較，他到底對我有沒有比較好？然後讓那一次又一次的比較，不斷地侵蝕我們的愛。

兩個都一直很努力替對方著想，想著怎麼對對方「好」的人，我想不出來，這世界上還有什麼第三者、或者什麼事情，可以分開他們。

我們都知道「百年好合」這四個字。但我們不知道，原來「百年好合」的「好」，它不是一個形容詞、更不是一個期望；它應該是一個動詞，是你必須付諸行動，才會獲得的美好。

我相信外公、外婆現在還在天堂一起相愛著。

我把它寫出來，從此你也知道了，這世界真的有一個百年「好」合的故事。

第四劃

連想去的地方都一樣，

才是真正的伴

因為他和妳看見的「愛」
不一樣

　　無法預期的某個分秒,「愛」向妳迎面走來,你們相愛。
你們都動了真心,都確定那就是「愛」。可惜的是,你們所
看見的「愛」,並不一樣。

　　他看見的愛是「在一起」,是妳從此只可以專屬於他;
而妳看見的愛是「承諾」,是對那份愛的責任。妳的生活,
開始以那份愛為主。不管妳工作再忙、身體再累,妳的心底
總是帶著他。再漂浮的思緒,最後都可以停泊在那份愛裡。
妳從來不覺得,要在心底裝進一個人,會是負擔。妳私下為
那份愛的付出,比妳用嘴巴說出來的,要多很多很多。妳很
少說出來,是因為妳覺得愛從來不用言說,也只要一顆相對
的真心,就可以懂得。直到妳突然聽見,他跟妳說,希望還
是擁有彼此的自由,妳才發現他並不希望自己在這份愛裡有
所改變,他的態度堅定得讓妳無話可說,在那剎那,妳幾乎
分不清,那究竟是錯愕還是錯覺?!原來在愛裡需要調整的
人竟然是妳自己;原來對有些人來說,「相愛」的之前和之
後,並沒有太大的差別。

　　他看見的愛是「現在」,而妳在那份愛裡還多看見了「未
來」。那是在某個黃昏、在某個你們的雙人漫步裡,他突然

68

說的某個跟「未來」有關的事，妳把它牢牢記在心底，變成了一張走向「未來」的地圖。後來，妳才明白，原來「未來」不止是一個名詞，它也可以是形容詞，用來形容「現在」，跟真的未來無關，只是用來形容此刻很美好而已。

於是，妳才真的懂了，是每一個都更進化的「現在」，才會讓你們真的走向「未來」。那就是你們最大的差異，妳用心地蒐藏了每一個現在，將那些兩個人走過的時間視為珍寶；而他卻逐漸把那一切視為理所當然，讓時間慢慢消磨掉你們的愛。

妳不止跟他一樣，看見了愛的「快樂」，妳還看見了愛的「悲傷」。他只想在這份愛裡得到快樂，妳卻開始把那份愛會帶給妳的悲傷，當成愛應該要經歷的一部分。於是妳停下腳步，開始等他，等愛再度回到從前。後來，妳才終於體會到，大多數我們苦等過的人，其實都不曾等過我們；我們才在那樣的寂寞裡終於明白，真正的愛，是再遠的距離，也依然彼此守護，而不是等待。

那是我們幾乎都有的過去，是我們曾經在愛裡，都走過的路；是我們用了很大的努力，才終於離開跟真的走出來。

直到很久的後來，妳才終於看清楚，妳是對的！妳寧可痛苦一時，也不要不幸福一輩子；妳寧可承認愛錯，也不要對自己不誠實。

下一次，當「愛」再次朝向妳迎面走來，妳懂得、學會了，妳會記得提醒自己，妳不只要看見愛，還要確定，你們所看見的「愛」，真的是一樣的。

第四劃

連想去的地方都一樣，

才是真正的伴

對 的 人 ¶

　　我們都在找「對」的人。我們都知道那很重要，因為跟對的人才能擁有對的愛。於是，我們從那個「對」的觀念出發，直到我們遇見了一個我們很喜歡的人，我們突然開始迷惑，「對」跟「錯」的定義……

　　我們不用問很多人，因為我們自己都知道答案。但是我們還是問了一些人，然後，帶著那些被婉轉說出的「你們應該不適合」的回答，繼續留在那一份感情裡。

　　我們當然也會問自己，那不像在許多方面都很果決的妳，那是一段漫長、又沒有結果的自問自答。每一次，妳都以為得到了答案，然後又在下一秒推翻它。妳甚至會懷疑，自己究竟是懦弱，還是極度堅強？不然怎麼會還一直對那個「錯」的人，如此情有獨鍾。

　　妳為了他而做的改變很多，妳為他所做過最大的改變，就是改變妳對「對」的定義。妳很早就發現你們的不適合，妳甚至在一開始就知道，妳愛他比較多，所以妳的體諒和想念，都比他多很多。妳幾乎想不起來，事情是怎麼變成這樣的，但是那沒有關係，因為妳總是可以說服自己，相信這份

70

感情還有機會，只要妳願意努力，就可以把一個「錯」的人，感化成一個「對」的人。

妳的寂寞，就是從那樣的相信開始的……妳眼睜睜地看著珍貴的自己，被他的不在意傷害，妳有時候甚至會期望他更殘忍，因為只有殘忍才會讓妳徹底死心。只可惜，一個不願意對妳用心的人，連殘忍都不知道要適時給妳。

那不是我們太陌生的感覺，是每個用真感情找愛的人，都曾經有過的遭遇。差別的只是我們停留在那份幻覺裡的時間的長短，最後我們都一樣終於離開，傷心，然後用比那份傷心更大的力氣，才讓自己又重新站起來。

直到我們終於遇到一份真愛，我們才恍然明白，原來一個「對」的人，是妳根本不用說服自己，就知道他是對的。是妳不用在這一刻虛幻的幸福裡，又馬上要擔心，下一刻會不會被這份幸福傷害？是妳從來不用恐懼，自己所瞭望的，究竟是一份可以努力的將來，還是只是一個海市蜃樓的風景而已？

「對」的人，不是一個什麼都對的人，而是一個願意跟妳一起努力的人。你們會意見不同，也會爭吵，然後為了真的可以走向將來，彼此調整，因為你們真的很想有以後，因為你們真的很喜歡跟對方在一起，因為那就是跟對的人，才能形成的，相愛的默契。

兩個「對」的人，是兩個後來不再計較對錯的人，因為他們知道，當下的對或錯，並不是相愛的重點。那就是相愛的人，總是會記得給對方的空間和體諒，是我在這一秒鐘退讓，而對方也感受得到和珍惜，退讓的那方，是多麼的用心和不容易。

第四劃

連想去的地方都一樣，

才是真正的伴

我多麼不希望，我們都必須愛上幾個「錯」的人，才能真的學會「對」的道理。

　　就像當時的我，明明那麼明白，卻還是固執地騙過了自己。而當我回首，我才發現，我虛擲的不只是青春、勇敢，而是最珍貴的自信。

　　「錯」的人，總是毫不考慮就摧毀妳的自信；「對」的人，會讓妳越來越相信自己的特別。「錯」的人，要費盡苦心，才能把他留在身旁；而「對」的人，就算暫時分隔兩地，妳也確定知道，他總是惦記著妳。

　　對的開始，是成功的一半；把「錯」曲解成「對」的，也僅存在於某個分秒，而「幸福」，卻是很久很久的事。

　　就像我們當時都曾經問過的許多人，給過我們的建議和答案，我們懂，卻還是繼續那樣。

　　我後悔了。

　　親愛的，而妳真的可以不用那樣。

不要因為愛

而懷疑自己

不要因為愛
而懷疑自己

　　許多人，在遇見愛情之前，都還滿有自信，過得滿開心的。直到我們認識了愛，開始享受相遇，也承受分開；開始發現，愛會讓很多事情更美好，可是也會讓很多簡單，開始複雜。

　　愛是又美好又現實的，他跟妳提出「分手」，像是一個通知，是一個最後的儀式，因為它從來不需要妳的同意。

　　因為妳總是愛得比較深，所以妳總是還留在原地。妳需要一些時間傷心，然後，開始在那場傷心裡，懷疑自己……

　　妳在二十歲失戀的時候，很容易就懷疑「是不是因為我不夠美」？在三十歲失戀的時候，很容易就苦思「是不是因為我做得不夠好」？然後在四十歲失戀的時候，那個「是不是因為我老了」的想法，總是太輕易就從腦海裡浮現出來。

　　那個走遠的人，也許偶爾會懷念，只可惜他懷念的經常也只是一種「曾經被寵愛」的感覺，而不是某個人；他不像妳，總是要為每一段感情，付出那麼大的代價，當妳終於

可以做到不再想念他，可是妳無法停止那場「懷疑」的夢魘，懷疑自己在那段感情裡，究竟犯下了什麼錯，才會讓他離開妳。

每一次的失戀，妳都希望那是最後一次。妳對愛很真誠，所以妳總是先檢討自己。妳充分發揮了上天給女人天生的想像力，妳對自己的懷疑很多，然後在那些懷疑裡，遺憾、迷惘、不知所措，直到擊潰對自己的相信。

妳一直知道在這個世界的「質」與「量」的關係。越珍貴、稀有的，就越需要花一些時間去尋找。就好像，妳也一直用好的「質」，期許自己。

是的，妳很珍貴。人的一輩子，也只需要一場優質的愛。所以在尋找的過程中，看錯幾個人、傷過幾次心，都是妳尋找「質」的必然過程。妳可以難過，但絕對不要懷疑自己……

因為，愛情往往跟對錯無關，就只是適不適合而已。

愛是如此奇妙的東西，妳在這個人眼中，也許不算美麗，卻是另外一個人眼底的仙女；妳在這個人眼中的缺點，卻是另外一個人眼中，最可愛的真實；妳在這個人眼中的風霜，換一雙眼睛看，可能就是他認為最美麗的智慧。

即便是妳自己，同樣的缺點，放在兩個不一樣的男人身上，也會因為他還擁有的其他不同的特質，而發生了奇特的變化，讓妳產生了不一樣的感覺；即便是妳自己，妳一直知道，自己擁有的那些缺點，遇到了不一樣的男人，也不一定都發揮得出來。

於是，我們才終於明白。大多數的分開，都是因為已經不愛了。

跟對錯、爭吵或某件事情，都沒有關係。因為只要還相愛著，天大的錯，兩個人後來都一定會找到方法修補；可是不愛了，卻只要一點小錯，就可以分開。

親愛的，如果妳相信愛總是如此玄妙的發生，那妳也可以試著接受，愛有時候，也會自然而然地走開。因為他不適合妳；因為拉住你們的鍊結，其實並沒有那麼堅固；因為你們，其實並沒有那麼相愛……更多時候，真的就只是因為妳遇見了一個爛人而已。

所以聰明的女人，總是聰明地把目光放在前方，她們對自己最大的反省跟期許，是下一次更能分辨，究竟自己遇見的，是不是一個真正適合自己的人；她們幾乎不浪費時間去懷疑自己，因為她們一直知道：愛會走開的原因很多，而它們大多數，跟妳對自己的懷疑，真的一點關係都沒有。

妳 為 「愛」 而 做 的 改變

一場漫長的廣告創意會議剛結束，正是大家要各自散去的時候。

「妳大概已經有一個月，穿著改成甜美淑女風格，而不是從前的高彩度時尚風喔！」我對著走在我旁邊的 Kelly 説。

「哈！你有發現喔！因為我的朋友跟我説，我如果再繼續像從前那樣穿，應該三輩子都交不到男朋友！」她看著前方，眼睛突然發出光，繼續説：「他們説，男生都喜歡女生穿成這樣。我真的好想談戀愛喔！」

我們魚貫走入電梯，我一抬頭，就看見電梯裡的小電視，正在播著一個網站的廣告標題：「七個吸引『愛情』的造型術」，我猜這個標題的點閱率一定很高，這本來就是一個渴望愛情的城市。

我們都曾經為「愛」改變過。在遇見他之前，我們憑空幻想著他的樣子，還有他應該會喜歡的樣子……妳在那個甜蜜的想像裡，鼓勵著自己，一定要讓自己變得更好，才配得上他。那是我們為了愛，最早而做的改變。

第五劃

不要因為愛

而懷疑自己

在遇見他之後，那是妳為了愛，更隆重、也更真實的改變。妳在第一次約會前，猶豫地改變了好幾次穿著。妳以為自己會熟能生巧，但事實是妳還是會在每次約會前，又重複了所有猶豫的步驟；妳在那些剛開始的約會裡，說話總是那麼小心，妳揣度著自己的言語，也仔細地聽著他的表達，妳焦急地在那些話術裡，尋找著關於「愛」的蛛絲馬跡。親愛的，妳沒有錯，這一切都是因為我們太想要愛的緣故。

所以，我們才會在每個無疾而終的約會之後，還要殘忍地檢視自己，我是在哪個分秒，還是在哪個環節，給了對方不再繼續下去的理由？我們都告訴過自己，要學會灑脫，可是那些疑問，還是會像一群野外的小黑蚊那樣，籠罩著我們……

直到我們真的忘記那個人，直到我們又再次成功地鼓勵了自己，只要我們再調整一下自己：可能是妳的妝容、髮型、衣著，甚至是妳的談吐和想法，那是妳在每一次的挫折之後，再度為愛所做的改變。

這個時代的資訊太多，身邊熱情的人，給我們的愛情的建議也很多，於是我們免不了開始懷疑：自己是不是不夠主流？是不是應該調整自己，讓自己看起來，更像一個討喜的女孩？ 妳問了自己很多次，妳忘了問自己的是，那樣的改變，是不是妳？而那樣的改變，又會不會讓妳比較快樂呢？

因為人生很短，而我們都是為了更快樂，於是才去愛，所以我們才要更誠實地展現自己，因為那才是最自在、快樂的妳。

因為愛最後會留下來的原因，並不是因為妳跟很多人「一樣」，而是因為妳擁有那些「不一樣」。是一個從一開始就看見妳的「不一樣」的人，那麼輕易，就把妳曾經想抹去的「不一樣」，當成最珍貴的寶貝。

這座摩天大樓的電梯裡，擠滿了人。每一層樓，都有人走出去，又有新的人再進來，就好像這個渴望愛的城市，在每個分秒裡，都有人抵達了真愛，又有人再次離開……如果我們從來無法預期，一場真愛，究竟會在什麼時候跟什麼地點，才會真的發生，那就讓我們更堅持做自己。

　　就像那些不小心，在錯的樓層走出電梯的人，因為一直知道自己要去的方向，也只要再等一下，就有下一班電梯，會再來。

　　而每當電梯門一打開，我們從來不會知道，會看見什麼樣的風景，又會有什麼樣的人，正要走進來……就像在這個城市裡，每個愛情的相遇。

　　但不管那即將是什麼，妳都不會遺憾跟後悔，因為妳一直展現得那麼清楚，因為那就是妳，總是讓人第一眼就可以判斷，那究竟是一個「無感」的經過，還是一份獨特的感覺，正要展開……

　　妳曾經為「愛」而做的改變很多。其實妳真正需要的，只是一個懂得欣賞妳的人而已。

寫給
平凡的妳 ¶

捷運的車廂門一打開，我跳上車，就看見那麼多個妳。

比起車廂裡那幾個漂亮的女孩，妳覺得自己很平凡。她們的身旁，都有一個男生。她們的生活，應該很多采多姿，因為她們很忙，要趁機補妝、用手機自拍，然後利用每一個空檔，把那些美麗的照片，傳到 FB 上供人欣賞。

妳唯一會的，是專心。

當他在身邊的時候，妳專注著他，因為妳在意他的感受，希望他覺得舒服和快樂；當他不在身旁，妳想念他，想像他會正在做什麼？然後，想著把自己手邊的幸福，也分享給他。

跟那些漂亮的女孩們比起來，妳的戀愛運不算好。妳知道在這個世界有一些人，也許是因為她們擁有比較美麗的外表，所以她們的選擇比較多，可以在愛情裡的要求也比較多——就像妳在捷運車廂裡，看見的漂亮女孩，她們明明忙著自己的事情，活在自己的世界，可是身邊的男生不但不在意，還時時呵護她，而她們看起來，對於那一切，竟然那麼理所當然。

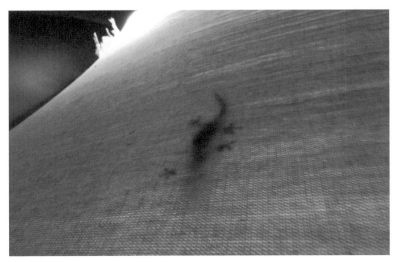

第五劃

不要因為愛

而懷疑自己

那跟妳所珍惜的愛很不一樣。

如果有一天，妳遇見一個很愛的人，那你們的愛，一定會很互相。不是只有對方用心，而是妳也會用心感受，他對妳的好。妳認為的幸福，一直是兩顆心，一起付出跟感受，才會成立。

偶爾，尤其是當妳覺得脆弱的時候，妳難免會羨慕那些好運的女孩。因為她們的愛情，會開始的比較早；她們也許不用像妳，需要在愛情裡，吃那麼多苦；她們永遠不會了解，一個平凡的女生，究竟需要付出多少，才能得到一份真愛。

妳以為自己很平凡。

親愛的，其實妳很特別。要不然，我也不會那麼輕易，就看見在車廂裡的妳。

妳最特別的，是妳的專注。那讓我很輕易就分辨出，妳跟許多女孩的不同。妳很安靜，可能在聽自己喜歡的歌，可能在想事情，或者在看手機……妳有條不紊地做著每一件事情，妳從來不知道，自己專注的神情，有多美麗。

就像妳從來不知道，那些所謂「好運」的女孩，她們一樣需要在愛情裡學習。如果只是因為容易得到，而習慣接受，不肯付出。那她們的感情，也只會在青春的時候，不斷地在一個接著一個的對象裡遊走而已。人們常說的「下一個男人會更好」的邏輯，也不會適用在她們身上。因為一個不肯對愛用心的人，總是會在遇到相同的問題的時候，選擇離開，然後又再回到原點，就像手機的遊戲那樣，一直卡在同一關而已。

漂亮的女生，很容易遇見對她好的男生。只可惜，在感情裡，沒有人天生該對誰好。那些沒來由就對妳好的人，經常，也會沒來由地離開。

因為幸福，從來都不是那麼唾手可得。所以平凡的我們，才有機會在等待的過程中學會：妳怎麼期盼對方，需要具備的條件，那妳也會記得提醒自己，去符合更好的標準；妳希望對方怎麼用心，就怎麼要求自己，也要用同樣的心；妳用多少時間，去等待一份真愛。就會用多少時間，去善待和經營它。

就像妳一直記得一首歌，歌裡紀念著一份感情。妳把它放在手機裡，那是妳在捷運上常聽的歌。後來，妳才終於聽懂了，原來一首情歌，只會被懂得的人永遠記得；而那句歌詞，也只會被流過淚的人，永遠刻在心底。於是，對於感情，妳從不貪多，妳只想把珍貴的感情，留給一個真正懂妳的人。

那是我一下子就看見的妳，是的，妳很平凡，可是妳跟很多的女孩不一樣。

而我相信，一定會有一天，會有個很棒的男孩，就像妳一樣專心，那麼容易，就發現妳。

我更相信，妳一定會幸福。因為妳一直知道：

外表美的人，可能遇見愛的機率比較高；可是心可愛的人，才能真的把愛留下來。

第五劃

不要因為愛

而懷疑自己

會幸福，
是因為他們從不「歸類」自己

夏夜微風，正是社區的小公園最舒服的時候，我帶著噹噹出來遛狗，突然手機叮咚一聲，一則 FB 的訊息傳了進來：「每當我又在感情裡跌倒一次，我總是反覆質疑自己，究竟是哪裡不夠好？我在感情上變得又自卑又沒安全感，即使知道自己沒必要這麼沒自信……但揮之不去的自卑，就是會一直跳出來！我喜歡的人永遠不會願意跟我走下去；而我不喜歡的，卻都是所謂的『好男人』，好像那就是我的宿命，是我一直鬼遮眼誤看男人嗎？」

我不認識她，可是我懂，因為那也是許多人都有過的心情。妳不但被那份愛傷了心；妳用的感情比他深太多，所以才會都已經事過境遷，妳卻還在用那份愛繼續傷害自己。

分不清是因為懷念，還是因為我們太渴望在一份錯愛裡記取教訓，我們把自己扣留在那份愛裡，讓自己一次又一次地回到記憶現場，我們勘驗、回想，憑空臆測自己究竟是在哪一個環節做錯？又或者，對方曾經在哪一個時分，對我們透露過線索？我們看起來絕望，卻其實還在觀望……直到我們終於成為全世界最後一個承認那份愛真的已經永不回

頭的人，我們哭著告訴自己：「沒關係！下次眼睛睜亮一點就好了！」那是妳對自己的提醒，但即便如此，我們後來還是又不小心談了幾段傷心的愛情。

對命運，我們開始變得啞口無言，我們開始「歸類」自己：「是的！也許我就是 XX 樣的人；真的！我每次就是會愛上 XX 類型的男人。」我們對自己的「歸類」越來越清晰，越來越具體，到最後簡化成「鬼遮眼」三個字。

「Dear，妳並不是鬼遮眼，妳只是太相信對方的某一個優點，可以掩蓋掉他所有的缺點……」我在社區的小公園裡，開始用手機給她回訊息。

不是嗎？我們當時在那份愛裡，並不是真的盲目，其實我們什麼都看見了，我們只是放大了那個優點，縮小了那些缺點；同時也放大了對方，縮小了自己。我們在那份愛裡，問過自己的問題很多：「他喜歡這樣嗎？」「我在哪裡做錯了嗎？」「我究竟是哪裡不夠好呢？」……卻忘記了，其實妳在一段感情裡，最應該問自己的問題是：「妳真的快樂嗎？！」

多年後，當我們在人生裡又多走了許多路，我們才突然明白，原來「幸福」跟「不幸福」就是在這裡出現了分岔點的選擇。

會幸福的人，並不是因為他們天生好運，而是當他們一旦弄清楚了那個問題的答案，他們就不再為難自己。他們更不會在傷心之後，還要幫自己「歸類」，不會認為自己一定是哪一種人，就只能愛上哪一類的人。

因為他們知道，「歸類」不幸福不但不會讓我們幸福，而且極

第五劃

不要因為愛

而懷疑自己

其詭異地，我們經常會因為那些「歸類」，而讓自己真的變成那樣的人……那個築起高牆，把幸福的各種可能排拒在外的，經常不是命運，而是我們自己。

夏夜晚風，正是社區的小公園最舒服的時候，我幾乎每天晚上都會來這裡，那是同樣的星星、同一個月亮跟同樣的風……我們總以為自己應該要有些不一樣了，但是對命運來說，其實每天都一樣。

所以，幸福的人，把每一次都當成一個全新的開始。相信每一次的開始，都有可能走到幸福。

自私的人，

永遠給不出

永恆的答案

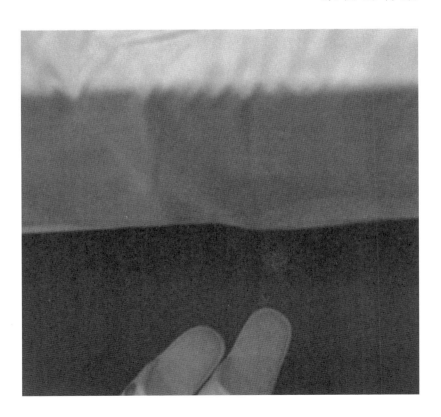

自私的人，永遠給不出
永恆的答案 ¶

子琪推開門，好幾天沒見到她的拉布拉多狗多多，興奮地衝過來，一下子就舔濕了她的臉……

「好，媽媽知道，媽媽也很想你。」她不知道自己還算不算是牠的媽媽；她更不明白的是，不是都說好分手了嗎？為什麼她還要答應漢生，在他出國這幾天，回來幫他照顧多多。

一家人就這樣，快快樂樂地過日子不好嗎？！直到現在，那個念頭竟然還會突然從子琪的心底跳出來。而她之前就是用這樣的念頭，讓自己留在那份感情裡兩年多。漢生沒有不好，也許不好的人是她自己。起碼在漢生眼中，錯的人都是子琪。直到最近她才真的冷靜回頭看，他們只有第一次的約會地點，是照子琪的意思，除此之外，這兩年的一切，竟然都是以漢生的意見為主。

漢生做什麼事情都有理由，你真問他，他可以說出一大篇。不像她，她做很多事情，都只是單憑直覺，所以漢生常常罵她笨！他不止私下罵她笨，也經常在朋友面前如此。可是每當子琪覺得傷心的時候，漢生就又會對她好，會問她

白天有沒有吃飯？公司的老鳥同事，今天有沒有又欺負她？

　　她總是在那剎那決定原諒他，因為她覺得漢生還是愛她的，而當一個女人覺得那個男人還是愛著她的時候，她總是會先選擇退讓，因為她覺得那就是包容。

　　子琪想過要讓自己聰明一點，她努力揣摩過漢生的心意，希望自己能成功成為他眼中優秀的人。後來，她放棄了！因為她發現能夠被揣摩的，都是常理，是多數人都應該都會這麼想的道理，可是漢生判斷事情的依據，是他個人的好惡，

　　他用自己的好惡來訂規矩，用當下的情緒來訂對錯──子琪用自己被說笨的腦袋想了好久，才突然想通了這個道理。

　　她終於明白，他們之間的差異。子琪經常先想到他；而漢生卻總是先想到自己。

　　所以漢生的標準才會那麼難以捉摸，卻永遠都有他自以為對的道理。所以錯的人才會永遠都是她。她總是在他又嚴厲要求、又甜蜜鼓勵的過程中，不知道自己究竟是又得到了，還是又失去了什麼……

　　子琪知道，那是愛。但是愛也有分「無私」和「自私」的愛。自私很容易，無私比較難。我們之所以要在愛情裡努力學會無私，是因為我們知道，只有兩顆心都願意努力無私，才有可能真的越來越靠近，也才有機會真的走到幸福。

　　子琪會答應漢生回來的理由，漢生不會懂的，那就是愛，是她真的不忍心，漢生又把多多寄放在寵物店，讓牠那麼多天都被關在籠子裡。也許，漢生還真的以為，這是一個可以讓子琪再回來的理由，用

第六劃

自私的人，

永遠給不出永恆的答案

一隻狗拴住一個女人的心，再讓那個女人幫他照顧那條狗，還真是一個兩全其美的辦法，不是嗎？！

去他的！子琪在心裡咒罵出來。她這次是打算回來帶走多多的，比起經常出國的他，她更適合成為多多的至親，這回，她絕不妥協！

這個世界的愛很多，子琪也許真的並不聰明，但最笨的人，也應該了解，我們並不是因為自己很優秀，才值得被珍愛。我們是因為愛，才連自己最笨的樣子，都不害怕被自己所愛的人看見。

這次，她真的懂了。她不要再浪費時間，去揣摩一個人的心意，也不再虛擲青春，去等待一個自私的人，因為他們的答案，總是反反覆覆……

自私的人，永遠給不出永恆的答案。

要彼此都願意付出，
才能成立「幸福」

　　從第一次見面，妳就發現你們的喜好很接近，你們很有話聊，隨便一個話題，兩個人就可以互動很久。你們沒有忘記抓住那次的緣分，你們開始交往。

　　每對情侶，一定都是從「適合」開始的，你們一開始享受的，是「生活」上的適合，你們可以一起去旅行，超快速就可以用默契完成一頓飯的點菜，輕而易舉就可以一起消磨掉一個下午，你們有很多共同的語言，只要隨便說出一個關鍵字，對方就可以馬上知道妳想說的意思。

　　你們還有很多「神奇」的適合，那是妳突然哼出一首歌，然後發現對方突然錯愕地看著妳，後來妳才知道，原來當時他心底也正在唱著這首歌；又或者是某個時刻，當他一轉身，對妳說出了一句話，那竟然也是妳在這個分秒正想說的話；妳所試過最神奇的方法，是用了意念，妳祈禱著事情接下來會有的發展，而它竟然就真的如妳所願地發生了……每一次神奇的「心有靈犀」的發生，都更強化了你們的「適合」，還有他的無可取代，妳怎麼可以失去他？！失

第六劃

自私的人，

永遠給不出永恆的答案

去他的妳，又怎麼可能還會再找得到那麼「適合」妳的人？！

　　妳當時的確定，最後成為妳離不開的理由。

　　隨便談談的愛，當然可以說分開就分開；可是一個曾經跟妳那麼適合的人，竟然說走，也就真的走了……妳不是自願留下來，妳是沒有力氣走開，妳好想知道，那些「適合」的過程，對他來說，是不是也像妳所感受的那麼特別？！而每一個曾經讓你們相視而笑的「神奇時刻」，他所動用的，又是不是像妳一樣，每次都是那麼深刻和全心全意的感情？！

　　那是妳突然遺落的一段時光，是妳難以彌補的一段空白，是每當妳想起，這個世界曾經有一個如此「適合」妳的人，就忍不住的心痛。

　　後來，妳才看清楚，原來「適合」就跟「好」一樣，當妳只專注在他的「好」，就會漠視他的「不好」；而當妳只信仰著那些「適合」，也很容易就忘記看見那些「不適合」。

　　你們可能真的很適合；但也可能是妳一直希望，你們很適合而已。那是妳很不願意的承認，原來這個世界的很多「適合」，其實都只是「巧合」而已。

　　我們最珍貴的明白，是終於發現了：「適合」跟「願意付出」是不一樣的。「適合」只是一種狀態；「願意付出」才是一種高貴的情操。遇見「適合」的人，只需要一點運氣；能遇見「願意付出」的人，卻千萬要好好珍惜。

　　因為幸福，不是只要兩個人適合，也要對方願意付出才可以成立。

妳從來不會因為付出過而後悔，因為那是最高貴的練習。因為妳一直知道，幸福，一定是兩個願意付出的人，最後最美的相遇。

第六劃

自私的人，

永遠給不出永恆的答案

盡力的男人，
　　最浪漫 ¶

　　　　妳愛上他，愛上他那些美好的「特質」，像是體貼、幽默、才華、老實……但是，「浪漫」卻很少是其中的主要理由。

　　　　許多人都說女人愛浪漫，但其實女人比男人更瞭解「浪漫」不能當飯吃。可是「浪漫」有療癒的作用，它是一種「我很在乎妳」的表示，像一場久旱的甘霖，讓妳就算為他吃再多苦，都覺得值得。

　　　　每個男人的資質跟能力，都不一樣。雖然，妳知道很多浪漫的故事，也曾經深深投入、深感共鳴，但當妳抹乾眼淚，總是很清醒地知道，那其實就是一個故事而已，是一個厲害的編劇，絞盡腦汁的結果；就像妳一直知道，真正讓妳感動得落淚的原因，並不是那些奢華的排場，或者是金錢上的揮霍，而是男主角為了那份愛的用心。

　　　　是的！妳其實要的浪漫，就是他的「盡力」而已。

　　　　比起那些設計精準、節奏緊湊的浪漫電影的情節，妳更享受的，是生活裡的點點滴滴：那是妳趕著下班，為他做的一頓晚餐。是妳周末特地早起，為他做的一頓早餐。妳是

一個愛心的科學家，那些東西，有些是照著食譜做的，還有一些，是妳興致勃勃的發明，妳那麼勇敢地創造，是因為妳知道，不管結果是什麼，他都會很開心地吃完；每天晚上，就算加班、應酬再晚回來，他還是習慣在睡覺前，一定要賴在妳身邊幾分鐘，經常，妳還沉迷在電視裡韓劇的劇情，卻發現他已經靠著妳，偷偷地在打盹。妳知道，那是他努力想「多陪陪妳」的心意；那是每個週末的早晨，他一起床，就伸了一個大懶腰，然後用故意充滿元氣的聲音說：「寶貝！妳今天想做什麼？要不要出去走走呀？！」雖然，妳一直知道，其實大多數的上班族男人，週末最想做的事情，就是窩在家裡睡覺而已。

妳最感動的那些浪漫，並不是幸福裡的錦上添花，而是每當那些幸福裡的挫折又發生的時候：當妳因為工作、家事兩頭忙，突然煩躁、易怒的剎那，突然發現，他其實也感受到了，然後偷偷地進入了平常妳管轄的領域，笨手笨腳地在洗碗、晾衣服；那是當你們吵架，冷戰了一晚的第二天，妳在昏天暗地的辦公室裡，突然收到他的 Line，上面寫著：「還在生氣喔？」妳還記得，最激烈的那次爭吵，妳氣得轉身就走，盛怒的他沒有拉妳，卻在後來的整個晚上發瘋似地找妳，只因為他從不相信，已經成年的妳，會在那麼火大的情況下，還懂得好好照顧自己。

妳覺得最好玩的，反而是那些他想製造浪漫的時候。那是某個重要節日的前幾週，妳發現他經常偷偷地盯著購物網站沉思；或者用迂迴得很蠢的方式，假裝在跟妳聊天，其實是在刺探妳對某個禮物的反應。

妳裝作渾然不知，那是男人從來不知道的，其實女人對「浪漫」的反應，大多都只是配合演出。可是她們的感動，從來都是紮紮實實

的，而且早就在她收到那份禮物之前，就已經發生。

　　每個男人的資質跟能力，都不一樣。所以他們對「浪漫」的天分，跟表達的方式，也都不盡相同。可是，對「愛」認真，卻是每一個女人的天分。

　　於是，她們笑著、看著自己深愛的人，做出的那些關於「浪漫」的表示。她們總是如此輕易就能判斷，那究竟只是一個虛幻的煙花；還是一個「盡力」的表示？

　　而可以讓她們這麼通透的原因，並不是因為她們絕頂聰明，而是因為她們總是很認真地看待感情；也只有透過一雙認真的眼睛，才可以把微幸福變成生命中，最恆常的快樂。

　　認真的女人，最美麗。

　　盡力的男人，最浪漫。

第六則

自私的人，

永遠給不出永恆的答案

值得的「付出」，
可惜的「犧牲」

　　沒有人教妳，那是妳天生就會的：妳總是為他犧牲。

　　那是每個小女孩，會願意少吃半個便當，毫不考慮就把那些菜飯還有雞腿，讓給她喜歡的那個男孩，只為了看見男孩吃得津津有味的笑臉，只為了，前幾天小男孩在上學途中，在路邊為她摘來了一朵美麗的花。

　　妳為了愛的人，最早做的犧牲，應該發生在妳的初戀。如果你們的年紀差不多，那妳應該比他懂事。女孩，總是比同年紀的男孩聰明——但妳還是會認真地聽他說話，然後在那個冷笑話的最後，捧場地笑；在聽完他說的空洞夢想後，努力地問幾個問題，好讓他可以繼續抒發壯志……

　　那是妳為了所愛的人，曾經極力配合的演出。妳可以為了他，把自己變笨。妳心甘情願，那是妳為他而做的犧牲。

　　後來，就像多數人那樣，總是必須從美好的初戀重新出發，再去尋找愛。妳開始大步向前，在那個跨越後，妳終於瞭解，真正長久的愛，不是妳一直停下來等他，而是應該兩個人一起攜手前進。

終於，妳又遇到了下一個他。

妳發現自己不管做任何事情，都會想到他。忙的時候、寂寞的時候；在同一個城市、或在遙遠的異鄉——妳幾乎動用了每一個分秒，想著他。那是妳的想念、記掛，是妳又看見了什麼適合他的、他會喜歡的，就會想要帶回去給他。那是妳再次的心甘情願，把自己的全部，交付給一個妳愛的人。

可是他會像妳一樣嗎？用「妳想他」的次數跟頻率，同樣地想念妳嗎？那是妳從來沒有問他的問題。

因為妳早就知道答案。因為，那是妳認為自己，註定要為他做的犧牲。

隨著妳越來越確定那是愛，妳為他的犧牲越來越多……妳的生活開始以他為主：妳出席姐妹淘聚會的次數越來越少，直到她們也不再主動找妳；因為他會不高興，妳的衣櫥裡後來不再出現任何會展露身材的衣服；妳每次下班後衝進超市，急著掏出的採買單；或在住家附近打包的外食，也大多是他愛吃的東西。

妳不知道，自己為什麼這樣。妳覺得那也許就是女人的天分——女人在愛情裡，總是愛對方比愛自己多。

後來，他給了妳一場婚禮，給了妳一個身分叫作「妻子」——那讓妳更甘之如飴地為他犧牲。妳以為那是美德。每一個進入婚姻的女人，都應該洗盡鉛華，宜室宜家。於是妳順理成章地失去身材，成為一個黃臉婆。

直到他某一天又遇到了一個，願意為他「犧牲」的年輕女人。

第六劃

自私的人，

永遠給不出永恆的答案

妳錯愕、驚恐，妳看著鏡子裡的自己，突然看見一個，連妳都幾乎快不認識的老女人，妳想不起來，是從什麼時候開始，讓自己變成這個樣子的？！

　　妳想找個人抒發，卻發現自己竟然連一個能說私密話的人都沒有……終於妳忍不住大哭，覺得自己輸得好徹底。妳最不能平衡的，是自己這一路為他做的犧牲。妳以為那是一種美德。妳始終相信的是：妳只要對他好，他也一定會對妳好的。

　　妳終於發現，「犧牲」只會被有良心的人看見；而當愛不存在的時候，曾經再巨大的犧牲，也不會有任何價值。妳最可怕的發現是在那一次又一次的犧牲裡，竟然完全沒有想到自己，所以才會一不小心就賠上了自己的全部。

　　我們這才明白，「付出」跟「犧牲」的差別。

　　付出，是一種理性的思考，妳付出的標準，是這麼做，會不會讓你們的愛更好？

　　它是一種相對關係，當妳在付出的時候，對方也要願意投入，而不是單方面享受妳的付出。

　　犧牲，是妳只從他的角度去思考，把他的人生當作自己的人生，一個愛妳的人，不會忍心奪去妳全部的人生；可是一個不再愛妳的人，卻絕對可以狠心把妳從他的人生驅逐出境。

　　妳可以為愛「付出」，卻不必為他「犧牲」。付出，是妳希望愛更好。而愛會更好的原因，絕對不是單方面好，而是兩個人都要一起好。

妳在愛情的每個階段，最大的功課，並不是如何犧牲自己，去成為一個取悅別人的人；而是妳應該如何隨著愛的步伐，與時俱進，讓自己在不同的階段，展現不同的人生魅力。

　　所以，妳耕耘愛的方式，不應該是奮不顧身，犧牲全部的自己。妳應該更愛自己，努力保有自己的世界、自己的喜歡、自己的朋友，妳願意付出，但絕對不會忘記保有自己，最珍貴的快樂——而那份保有，就是妳可以一直勇敢、持續成長，而且不管走多遠，萬一跌倒了，也還記得如何回去的路……

　　親愛的，其實妳很棒。因為「犧牲」比「付出」，其實更需要勇氣。但愛情有時候需要的，卻不只是勇敢而已。

　　妳不必為愛犧牲，因為「犧牲」不一定能兌換「幸福」。

　　付出，卻是妳為他、也為自己，不管最後的結果如何，都是這一路上，妳對愛做過的，最美的表示。

妳 唯 一 要 確 定 的 ，

是 愛 的 「 現 在 」

妳唯一要確定的，
是愛的「現在」

　　我那天在一個工作的場合遇到 Cathy，被她暴瘦的身形嚇了一跳！

　　「已經很美了，不用再瘦成這樣，是要逼死誰呀？！」我說。Cathy 是大家公認的大美女。

　　「沒有故意瘦啦！」她回答我，聲音累累的。我突然有一種不祥的預感。

　　「我跟偉浩分手了。本來不想主動提，但我覺得朋友們還是要知道比較好。」她說。

　　「多久的事情了？」我詫異的問。「兩個月前，他突然想分手。我跟他溝通很多次，甚至最後都求他了，但還是沒有用……我上個月搬走，應該就是正式分手了。呵，我真的盡力了……」Cathy 說。

　　我從來沒有想過偉浩會跟 Cathy 分手，因為他當時是費了很大的功夫，才把 Cathy 追到手的。我更沒想到像 Cathy 條件這麼好的女孩，也會遇到這樣的事情。

　　就好像我們總是要親眼目睹才會相信，原來「愛」一

直是如此一視同仁地對待著我們。無關條件好壞，也不管在一開始是誰愛誰多──那個在一開始費盡心力對妳好的人，並不意味著他就會一直珍惜妳；一個知道自己的條件可能沒有妳好的人，也不會因為妳懂得欣賞他，就不會在那份愛裡，擁有比妳更高的姿態。

「他有說為什麼要分手嗎？」我問。

「他說我不夠細心，不能瞭解他的心，我說我本來就比較粗線條，那也是他當時喜歡我的原因之一啊！但是我可以調整，真的……可是不管我說什麼都沒有用，他就是想分手，我甚至會懷疑，他那麼篤定要結束，是不是因為有第三者？」Cathy 說。

當愛還在的時候，妳就算有錯誤的言行，他都可以找到方式原諒；可是當愛離開，就算妳提出再多的理由說明，他也都不會願意去理解。我們無法對一個不再愛我們的人，說明愛；愛，更不是用「說服」，就可以留下來。而我們總是要到最後，才終於難堪地學會，把自己強留在一份關係裡，對自己是多麼殘忍又不公平的事情。

「但是，我昨晚竟然就突然想通了！我那麼難過，他也不會有感覺的，對不對？！那我又何必苦苦折磨自己？！我發現自己不必再活在恐懼裡，不用再害怕自己的哪些行為會再讓他生氣，我竟然突然鬆了一口氣耶……」她笑著對我說，那就是 Cathy 式的樂觀跟爽朗，那也是我們喜歡她的理由，那才是她本來的樣子啊！

「再找更好的啊！條件那麼好，不用怕！」我是真心這麼認為。

「一個曾經在過去對妳這麼好，又跟妳聊了那麼多未來的人，還是可以說變就變，哈！說真的，下次還真的會怕耶！」Cathy 苦笑著說。

是啊！真正用心付出的感情，誰不害怕呢？！我們都提醒過自己要小心，可是愛的學問好難，因為它有「過去」，那是他曾經感動過妳的好，那是妳頻頻回首的感謝和捨不得；因為它還有「未來」，那是他曾經概略描繪，卻早已在妳心中用針筆畫成的一幅遠景……妳在那份愛的「過去」跟「未來」裡來回眺望著，一不小心就忘記了，妳正身處的，是愛的「現在」。

　　現在，才是每份愛最重要的事。妳沒有愛得很卑微，沒有因為愛而恐懼，更沒有因為愛而變得更寂寞，那才是一份真正幸福的愛。幸福不用展望，更無法只依賴回憶，幸福一直都只存在於現在，妳一定要現在就幸福，將來才有可能會繼續幸福。

　　愛的變數很多，關於愛，我們無法確定的事情很多，所以我們才要更確定，妳在每份愛裡唯一要確定的，並不是過去或者將來，而是你們正在努力的「現在」。

我 們 的 愛
變 了 嗎 ？

雅芬跟明偉在一起五年了。

剛開始交往的時候，他們跟所有熱戀中的情侶一樣，會計畫每一次的約會，希望每一天都過得很精采，每一個分秒都被愛圍繞。

但事情好像就是那樣開始的，當他們第一次說好「不過情人節」—— 因為花錢過那個節，也不能證明什麼；因為都已經過那麼多次了。

那一次的省略，就好像一種宣告：我們是老夫老妻了。雅芬從一開始的心口漾起微甜，到後來慢慢發現，「愛」裡面很多東西逐漸跟著那個「老夫老妻」的感覺一樣折舊了……

現在，要很努力才想得起來，他們昨天一起做了什麼？

又或者說，她其實連想也不用去想，因為那就是他們每天固定的行程表：七點鬧鐘響起，七點五分，她按下前一天就放好豆子的咖啡機；當她刷牙洗臉時，他也同時上廁所；八點他們互道再見出門；晚上七點鐘一起在家吃晚餐；九點

第七劃

妳唯一要確定的，

是愛的「現在」

她會整理家裡（他看電視並且跟她閒聊幾句）；十一點整，他說「關燈睡覺了歐」（如果沒做愛的話）……

昨晚，她一樣在床上裝高潮。

她甚至連自己已經裝高潮多久了，都想不起來。

雅芬覺得他們的「愛」，好像變了。要不然她怎麼會覺得疲乏、無感，甚至還有一種受困的感覺……她被困在一個無新意的愛情裡。

她明明才三十歲，可是，最近她開始覺得自己老了，就像一個失去王位、失去眾人膜拜的女王，她懷疑自己是不是還有姿色？是不是還有市場競爭力？有時候腦海甚至還會閃過「我現在如果恢復單身，還會有男人想追我嗎？」的念頭——每當那個壞念頭一冒出來，她就會覺得很罪惡……

也許是「她」變了。

她轉身看了一下明偉，他睡得很沉。雅芬確定他沒變，他一直是一個十一點一到，眼皮就會自動下垂的傢伙。這五年來，所有雅芬知道他的優點跟缺點，他一樣也沒改變。

連他大概五分鐘就會到達的性高潮，雅芬也都算過，完全沒變。

雅芬睡不著。於是她打開電視，她知道當明偉睡著，就算天塌下來，也吵不醒他。HBO 的電影才剛要開始，她一看就愣住了，那是當年她最愛的一部愛情悲劇電影。

那時她還身陷在一個情傷裡，那是一個長達數年的傷痛——當時她以為自己的傷口已經癒合，卻在電影院看著那部電影的時候，突然淚如雨下……那部電影太像他們的故事，她才發現，原來那道傷痕如此

第七劃

妳唯一要確定的，

是愛的「現在」

深刻，要不然她也不會後來又耽溺地走進電影院五次，後來還去買了DVD，在一次又一次的反覆回憶裡，用淚水洗滌傷口，企盼那個儀式，能親手救贖自己。

雅芬決定再看一次這部電影。

她越看卻越覺得詭異，裡面有好多情節，怎麼都那麼牽強？！它有那麼感人嗎？！為什麼當年她會因為這部電影，流那麼多眼淚呢？！

最詭異的是，這部電影她明明看過那麼多次，裡面好多情節跟對白，她當時甚至都可以倒背如流的，為什麼今天看起來是那麼陌生？！有好多畫面，她都忘記了，就像一部她沒看過的片子。

整整兩個小時，雅芬沒有心酸、沒有眼淚，她的眼睛盯著畫面，心底卻突然有了答案：

明偉沒變；他們的「愛」沒變。

連她自己，也沒有變。

是她忘記了。

忘記自己曾經有多孤獨。

忘記自己有多渴望過一份真愛。

五年前，她在愛的恐懼裡遇到明偉，從初始的不再相信，到過渡時期的懷疑，她觀察明偉很多，也給他許多考驗，直到她終於相信那就是愛；原來在愛裡，妳真的可以很自然、放心，而且不用害怕。

就像當年她曾經努力存錢想買的一雙鞋，她存了好久，每天下課都故意繞路去看擺著那雙鞋的櫥窗，終於她擁有那雙鞋了！她欣喜若

狂地把它抱回家，然後穿著它去畢業旅行，那雙鞋她穿了好久，每次出門時她毫不考慮就會穿上它。她以為自己會永遠記得，剛拿到那雙鞋時，那一刻的激動感受！

多年後，當她已經擁有了很多鞋——卻總是會在出門時，覺得自己還缺一雙鞋，去搭配身上這套衣服。她連當年曾經擁有的，第一雙自己存錢買的鞋，她忘記那個激動了，她連那雙鞋的樣子，都忘記了。

這五年來，她曾經是一個園丁，帶著風吹日曬的準備，要耕耘「愛」。可是後來她發現這塊園地，其實是一個溫室。明偉給她的安全感，還有安定，那是愛的無風無雨，也沒有顛沛流離，她在那個完全沒有天敵的溫室裡，從一開始的幸福，到後來覺得無趣。

那個晚上，雅芬想了很多。她應該再也不會看這部電影了。與其說它其實沒那麼感人，倒不如說，是她發現了，當年她流了一缸子淚，都沒能救回自己的情傷。原來明偉已經用了這五年的幸福，治好了她。

重看這部電影，帶給她最大，也是唯一的收穫，就是她好慶幸，再也不用過當年看這部電影時的苦日子。

一雙好鞋，壞了、穿膩了，可以再買一雙。一個好男人，卻是千載難逢。

那天她讀了一本造型師的書，說現在世界最流行的時尚趨勢，就是「混搭」——把舊東西跟新東西混在一起穿，才是真正的高手！

她發現感情也是。

戀人多年的感情，妳可以把它當成基礎，也可以把它當成包袱——但妳如果懂得「混搭」的奧妙，其實也只要在愛裡加點新玩意，就可

第七劃

妳唯一要確定的，
是愛的「現在」

以讓這個多年的舊東西，又有了新的味道。

那也正是你們的愛情，又要進入下一個階段的時候。妳要讓你們的愛，成為一個永遠停在原點的舊東西；還是與時俱進的新玩意。其實決定權在妳。

那個早上，雅芬很早就起來了。她奮力地搖醒明偉。

「鬧鐘沒響啊？」明偉睡眼惺忪地問她。

六點四十分，雅芬沒按下咖啡機開關。

「寶貝，昨天沒買早餐的麵包呀？」明偉邊打開冰箱邊問。

「我們今天去巷口公園旁的早餐店吃吧！」她說。

然後他們一起出門，那個在公園旁邊的早餐店，是他們剛交往的時候，經常去吃早餐的地方。她喜歡那間早餐店，並不是因為它的東西特別好吃，而是因為它旁邊有一棵大樹，那棵樹讓她覺得幸福。雅芬看著前方，那棵大樹就在眼前，那是他們的終點。

卻更像一個新的起點。

愛 的 證 據

他主動跟妳聯繫，主動對妳好，妳知道那就是「愛的證據」。

妳答應他的邀約，在出發前試穿了好幾套衣服，因為妳希望自己看起來又美麗又舒服。妳對他的許多安排，幾乎沒有意見，妳努力讓他覺得妳是好相處的。妳也喜歡他，雖然沒有說出口，但妳默默留下了愛的證據。

一定是因為你們彼此都發現了足夠的愛的證據，於是才開始相愛，才決定要一起走向未來。你們那個時候的愛比較簡單，一切都出於直覺，沒有太多勉強。後來，妳才明白，原來相處越多，才會越了解，對方的喜歡或不喜歡，我們才恍然大悟，原來有哪些事情，對對方來說其實是勉強的。

但很奇妙的，我們雖然更了解對方，卻經常沒有繞過那些勉強，相反地，我們會想挑戰那些勉強。因為我們喜歡那種感覺，我們希望對方可以為了我們而破例，為了愛而改變他的原則，因為人們說，那就是他很愛妳的證據。

於是我們有時候會設下愛的陷阱，就像獵人們為小兔子設下的陷阱。那是一個妳早知道會勉強他的選擇，然後守

第七劃
妳唯一要確定的，
是愛的「現在」

在陷阱旁看著那隻兔子跳過來，當妳發現那隻兔子竟然毫不考慮就跳過了那個陷阱，那麼斷然地就拒絕了妳的要求，妳很難不暗自心酸，認為那就是每份愛都會有的「賞味期限」，因為那不是熱戀時的他，他從來沒有在那個時期拒絕過妳；也有可能，那隻可愛的小兔子，在陷阱前想了一下，最後牠還是跳下去，他還是答應了妳的要求，妳知道那就是因為愛，所以他又勉強了自己，那就是小兔子有點可憐、卻是最可愛的時候，因為牠很勇敢，因為他讓妳又得到了一個愛的證據。

我們對於蒐集愛的新證據，總是樂此不疲。卻經常忘記，其實我們的愛，早就已經成立，而我們接下來要努力的，並不是愛，而是幸福。

因為證據，總是新的會取代掉舊的，總是新的會動搖到舊的。可是幸福不是這樣，幸福是一種積累，是兩個人都會一直記得過程裡的點點滴滴，是即便我在這一刻覺得對方不能順應我的要求，也還會記得對方曾經在過程裡，曾經對我們的好。

當我們明明都已經走在愛的路上，卻還要不斷用陷阱測量愛的時候，其實先掉進陷阱的，並不是那隻堅持原則的兔子，而是那個在陷阱旁已經先預設立場的獵人，對不對？

他一定曾經為妳破例，可是他不會為妳破例一輩子。因為勉強會證明愛，可是勉強也可能會毀掉愛。妳當時選擇愛上的是什麼樣的人？擁有什麼樣的特質？就應該讓他保有那樣的人會有的原則，這樣他才會快樂。

我們渴望對方為我們「破例」，因為那就是他很愛妳的證據。卻經常忘記，破例可以證明愛成立，卻不能證明幸福。

妳不想勉強自己，所以妳也不會勉強他。那是在每份幸福裡，都一定擁有的自在。你們彼此相互尊重，不會要求對方，要在愛裡變成另外一個人，你們不再用蒐集證據來證明愛，因為任何證據都只能代表已經發生的過去。你們努力經營的，是將來的幸福，是你們從頭到尾都希望對方在這份愛裡得到快樂。因為你們知道，證據不能留住愛，只有快樂，才能把愛，一直留下來。

第七劃

妳唯一要確定的，

是愛的「現在」

愛最重要的
課題 ¶

　　我們總會在某個年代，有幾個來往得特別頻繁的朋友。
後來，人生的際遇把你們分開，可是你還是會一直記得他。
而當你想起他，也就想起了那個，你很懷念的年代。

　　小敏和小薇，就是我那樣的兩個朋友。

　　小敏是我當年任職的公司同事，是我經常會有業務往
來的相關部門的主管。她工作能力很強，熱情、人緣又好，
就像一台戰力超強的航空母艦——她又高又胖，不只是我們
認為，很難有男人可以駕馭得了她，連最疼她的爸爸，都特
地給她留了一間房子，說是要讓女兒以後一個人養老住的。

　　後來，我離開那間公司，自己成立工作室。小敏後來
的事情，我都是聽說的，那是一個美麗的故事。小敏的一個
好朋友，跟她說有一個男生很不錯，然後給了他們彼此的電
話號碼，希望他們可以主動聯繫。小敏在拿到那個號碼的幾
天後，才突然想起這件事情，於是她主動地打了那個電話。
然後跟那個男生，從晚上十點，聊到早上七點，最後他們約
出來吃早餐，那是他們第一次見面。那是小敏終於見到她的
王子；是那個男生，第一次遇見他命中注定的公主。

三個月後，他們結婚。然後，小敏調職到北京，她的真命天子，為了她，也在北京找到新工作，兩個人一起在異鄉展開新生活。他們平常努力工作，在閒暇之餘，他們會計畫去旅行，十年來，兩個人的足跡，幾乎踏遍了整個中國，那是他們這輩子最好的日子。

那天我突然接到小敏的電話，說有一個案子，一定要交給我做，才會放心。還說三天後會從北京回來台北，最後我們約好了碰面的時間——那是一個後來沒有開成的會，因為就在她回來的那天，那是一個台北突然氣溫急凍的夜晚，她患有高血壓的先生，就在睡夢中猝逝。

幾天後，我接到一間出版社的合作邀約信，發現發信的女生，也CC給了她的主管，那是一個我曾經很熟悉的名字，我馬上回信去問對方，終於確認又找回了一個老朋友，那是我已經失聯了十幾年的小薇。

當年我曾經在某個報紙寫專欄，小薇就是負責催我稿子的編輯，連續兩年的時間，我每週會接到她的電話。我在寫給小薇的信裡，最後雀躍地問：「老朋友，妳好嗎？」

「親愛的，後來的我，結婚了。然後，我的先生，在八年前離世。接下來，我就一直工作、一直工作……」我錯愕地看著小薇寫給我的回信，從來沒有想過，關心一個老朋友結婚了沒？竟然會得到這麼悲傷的答案。

面對著老公的突然離開，小敏哭了三天，然後她決定要給老公一個特別的喪禮。她在自己還有先生的 FB，通知所有的朋友這個消息。請大家跟她一樣，把眼淚變成祝福，把慰問變成懷念，她懇請每個朋友，寫下對她先生的記憶，那些她曾經參與；或者在他們相愛之前，還來不及參與的故事。她把一篇篇寄來的故事，連同朋友寄來的舊照

第七劃

妳唯一要確定的，

是愛的「現在」

片，都登在 FB 上，在每篇文章的後面——那是她在每一個疲憊的夜晚，即便再累，還是會寫下對那個故事的長篇回應。

我很輕易就可以看出來，小敏在回應那些故事的時候，她的平靜、喜樂，還有感激。那是當妳真的很愛一個人，才能從劇痛裡，再蛻變出來的「勇敢」。

小敏說，這些故事，最後會變成一張張的小卡片，然後掛在告別式那天，會場外面的那棵祈福樹上，成為所有的朋友，用最深的懷念，送他再次出發的一場典禮。

這是兩個，我所知道很棒，卻又太短的愛情故事。這兩個很棒的女人，我在年輕的時候遇見她們，以她們的傑出和認真，在這個世界，一定會有很棒的男人，會看見她們，然後視她們為珍寶，那是我所知道的那部分。

而我不知道的是，關於愛情的挫折，我們所經歷過的很多，我們總是很少想到「死別」；直到它那麼真實地，在我的身邊展現，我才發現，原來那也是，每一個正在相愛的人，都有可能遭遇的，分開的方式。

我們都無法逃離生死，再相愛的人，也很難在同一個分秒，一起死去。

所以，即便是全世界最美好的幸福，當它成立的那一刻，同時也是它倒數計時的開始。

多年前，當我跟小敏、小薇，在我們都還很年輕，對愛情充滿幻

118

119

第七劃

妳唯一要確定的,

是愛的「現在」

想和憧憬的那個年代，我們對愛情的想像，總是美好的。

「因為病後的他很樂觀，所以我也不怨天。我們交往了十幾年，一起經歷過許多生命中最美好的第一次，那是我們最棒的過程。你問我走出來了沒有？親愛的，我走出來了喔！因為我一直把他當作，還在我身邊地，那樣永遠地一起走著……」這是現在的小薇，給我的回信；那是當年的我們，對於愛情，除了「美好」的想像，終於才又學會的「永恆」。

我們總以為「幸福」，是妳終於遇見一個人，然後確定那是一份真愛。我們在愛裡幸福著，一不小心，就忘記了……

當我幸福，我是不是足夠珍惜，彷彿我下一秒就要失去？！而當我們為難自己，也同時為難著對方，又是不是可以想到，其實我們正在浪費的，是每一份愛，都正在倒數的幸福時光。

我們會在愛裡學到的東西很多，我不知道，自己有沒有足夠的能力和智慧，就像小敏和小薇，最後還可以用那麼高尚的行為去證明，愛的「勇敢」和「永恆」。

比起她們，我覺得自己好渺小，渺小到讓我又重新看見：

珍惜，才是我們在愛裡，最重要的課題。

是兩顆心在一起，

才是真的「在一起」

是兩顆心在一起，
才是真的「在一起」

　　妳遇見過一些人，他們都曾經用很誠懇的眼神對妳說：
「讓我們『在一起』吧！」

　　妳從那個點頭的動作，開始了你們「在一起」的生活，
妳亦步亦趨地跟著他，把自己的人生從「一個人」變成了「兩
個人」。

　　妳漸漸覺得「在一起」並不是那麼簡單，就像嚐下一
朵美麗的花，妳從一開始輕嚐到花蕊尖的甜蜜，到後來感受
到整個味覺的苦澀……那是妳在「兩個人」的身分裡，卻經
常還是「一個人」的寂寞。妳才發現，原來「在一起」並不
是說了就算，一個跟妳說了要「在一起」的人，其實也可能
還在用原來「一個人」的模式在思考和生活。

　　於是受挫的我們，開始懷疑愛情，開始懷疑自己究竟
適不適合「在一起」的生活？

　　直到妳遇見了一個人，直到你們在一份「在一起」的
感情裡，經過那麼多的挫折和衝突，卻彼此都沒有離開，妳
才發現：原來「在一起」，並不止是人要在一起，而是「心」
也要在一起。

於是你們一直知道，這個世界並沒有頻率相同的兩顆心，所以當兩顆心的步伐又不一樣的時候，妳總是願意走向他一點，而他也願意從妳的角度多想一點，是彼此在產生差異的時候，都願意努力向對方多靠近一些，才讓你們可以一直走在一起。

　　「在一起」的生活，「對」和「錯」並不是關鍵，對和錯並不會讓你們幸福。是兩顆總是願意彼此走近的心，才會讓兩顆心，真的一直在一起。

　　因為「在一起」的生活，總是還沒真的開始，就讓人充滿憧憬；因為快樂早就在心底被反覆練習過，而不開心卻總是突如其來；因為快樂總是比較容易被忘記，而不開心卻往往還會蔓延成一場愛情的重感冒……所以在「在一起」的日子裡，我們才要更努力記住快樂，要記得彼此曾經對彼此的好，讓那些快樂不止是愛的果實，更是愛要繼續走下去的養分。

　　後來，妳終於展開了所謂「在一起」的生活，展開了跟他一起書寫的篇章，不再是以往那種都還沒開始，就已經結束的斷簡殘編。你們一起寫過了一頁又一頁，每當妳又回頭翻閱那些點點滴滴，那些妳本來以為故事就要結束，卻又峰迴路轉開始的另一個章節，妳總是會不禁啞然失笑……曾經妳以為那就是緣分，以為那是因為自己累積過了許多「在一起」的失敗經驗，才會有的成熟表現，直到妳又重新看了一遍你們的故事，妳看見裡面還是有自己的任性，那是他在下一秒就主動靠過來；妳也看見了他的固執，那是妳在下一刻，也沒有忘記要提醒自己，朝向他再走近一點……妳才發現，原來人們應該找的、應該相信的，並不是那個嘴巴說要「在一起」，而是那個真的連心都願意跟妳「在一起」的人。

第八齣

是兩顆心在一起，

才是真的「在一起」

你們一起努力地走著，妳知道這段路的重點，並不是路程的長短，而是在過程裡積累下來的感情。妳一直知道，是因為感謝和珍惜，才讓這些平凡的點滴，沉澱成鑽石。是因為你們一直努力讓彼此的心「在一起」，就算你們分隔再遠，也彼此感覺就在身邊，從來沒有分開。

愛是雙人創作，
而不是單人訂做

　　你們一定跟彼此所期待的樣子很像，才會相愛；你們
一定很靠近，才會有機會發現，原來你們還是有一些地方，
跟自己想像中所喜歡的那個人，不太一樣。

　　妳一定很愛他，所以才那麼害怕失去對方；妳的眼光
一定很好，不然妳也不會那麼擔心，可能會有人想搶走他。

　　一切都是因為「愛」的緣故，以愛為名，我們對愛的
雕琢工程就是那樣開始的。

　　妳控制他──用妳的聰明，一步一步地把他變成更接近
妳想像中那個人。妳很用心，外帶察言觀色，有時候強硬直
接，有時候以退為進。從剛開始偶爾會踢到鐵板，到後來信
手拈來、完全不帶痕跡，那是妳在愛裡得到的智慧，妳交出
的成績單，就是他越來越像妳心目中的完美情人。

　　妳控制他──用妳的纖細，檢查他的粗心。妳偷偷變身
成超級女神探，努力掌握著他的行蹤，從他的手機、電腦，
在他留下的任何蛛絲馬跡裡，重組他當時所在的時空。妳有
時揪心，覺得好像事有蹊蹺，直到妳發現原來是誤會一場，
連自己都會忍不住笑自己是大幻想家；妳有時會感覺欣慰，

那是當妳發現他的生活圈，真的以妳為主，連那些跟朋友往來的對話紀錄，都經常會提到妳的時候，妳覺得這場又漫長、又緊張的抽絲剝繭，終於有了意外的收穫。

這是每個戀人們，都曾經為了一份真心的愛，所忙碌進行過的「控制」。我們其實並沒有很喜歡這樣，因為我們不是天生就如此，我們是為了愛才這樣。有時候我們並不希望自己必須在一份真誠的感情裡，一直這麼聰明。但我們又好像必須一直增長聰明，才能讓我們距離自己想要的愛近一點，才能確保我們辛苦經營的愛，不會突然消失。

直到有一天，妳突然發現，其實他對妳的聰明，並不是一無所知。妳才突然回神，如果妳當時所愛上的，並不是一個笨蛋，那他怎麼可能對妳經年累月運用在他身上的聰明，從無知覺？！妳才恍然大悟，原來他的配合，默默地配合著妳的劇本演出，也是因為愛。是因為他也跟妳一樣珍惜這份愛，所以才縱容了那份聰明；是因為他也很想要留下來，所以最後才會心甘情願地，接受了那份隱形的控制。

此時我們才突然明白，我們可以訂做任何東西，可是我們無法訂做一個人。如果我們一直帶著自己的預期去檢查愛，那我們只會一直看見愛裡的不圓滿；如果我們一直執著地要走在自己預期的道路上，耗費了最大的聰明，去控制著對方也要依照著我們的地圖前進，我們不但沒有機會好好欣賞沿途風景，更不可能在那趟旅程裡，看見任何意外的驚喜，對不對？

我們可以控制很多事物，可是我們無法控制愛。我們也許可以控制一個人的行為，但我們無法控制他的心。一個真心想離開的人，即便是千軍萬馬，也無法將他強拖地留下來。當我們費盡心思地想控制

對方，當我們把自己囚禁在無窮的擔憂和想像裡，我們往往最先失去的，是自己的自由，對不對？

妳在那份愛裡得到的幸福，並不是來自於妳的單方面維繫，而是兩顆心的緊緊相繫。是因為愛一直存在，所以我們才有機會，用愛去控制愛。

當愛存在，一切都可以存在；當愛消失，那一切的控制，也都不再具有任何意義。兩個人之所以可以一直走在一起，並不是因為你們真的彼此控制住了誰，而是因為愛也一直跟你們走在一起。而可以讓愛繼續延展的原因，並不是控制，而是因為兩個人在愛的 個階段裡，都有了更多的滋養和獲得；是兩個人在那條路上，都看見了、實現了，自己對愛的期望和夢想。

愛是兩個人的創作，而不是一個人的訂做——那是我們在一份幸福裡，終於最聰明的明白。

於是我們解開那些控制的繩索，妳才發現早就把你們牢牢綁在一起的，是那份愛。終於，我們也成為一個自在的旅人。在妳身旁的那個人，是妳最好的伴，那一定是一趟奇妙的旅程，充滿著許多的可能和驚喜，因為那是兩個人的共同創作，不是妳帶領他、不是他帶領妳……

而是愛要帶著我們走到，我們從來沒去過的那裡。

第八劃

是兩顆心在一起，

才是真的「在一起」

愛，可以跟你想得不一樣

你一定想像過「愛」的樣子。起碼大多數的我們，都是因為對方符合了我們所想像的樣子，才讓我們開始了愛的旅程。

每份愛的開始，都是美好的。然後我們開始會跟對方爭吵，然後在某次的爭執後，發現自己竟然正在思考「我們到底適不適合」這個問題。

整顆心被憤怒塞滿了的我們，幾乎不可能在當下就可以分辨出，「不適合」和「想改變對方」其實是不一樣的。不適合，就不會快樂；想改變對方，是在已經有的快樂裡，還想要更多的快樂。

而我們大多數在愛情裡的爭執，都是因為我們「太想改變對方」。因為那才是我們所想像的「愛」的樣子，我們會期望對方，不只從一開始就符合我們的想像，還要接下來都能一直符合我們所想要的愛的樣子。

所以我們才會明明很快樂，明明很適合，明明一起走向愛的未來，卻突然在某個分秒，發現彼此竟然站在繩子的兩端，開始拔河，開始拉扯和抗拒對方，因為你們誰都不想

129

變成，彼此心目中愛的範本。

事實是，其實我們都很自私，我們總是不希望自己改變，我們希望在愛裡仍保有自由跟自我；我們比較希望對方改變，希望對方能符合自己的需求。而我們經常提出最理直氣壯的理由，就是如果你真的愛我，就應該為我這麼做。

我們忘記了，愛的想像，只是單方面的行為；真正能實現的愛，卻是兩個人的事。

是相愛的兩個人，在那份愛裡，不但都覺得舒服，而且還能擁有比自己一個人，更多的幸福。而我們對愛，最好的驗證，並不是對方願不願為我們做什麼，而是我們在那份愛裡，是不是真的讓自己的生命更豐富、快樂，而且更完整。

我們在那場愛的旅行裡，最好的獲得，並不是對方的每一件事情，都如妳所想像。就像一場旅行，如果在過程裡的 一件事情，都如妳早先所預知，那那場旅行，也只是一個按表操課的結果。

最棒的旅行，是同行的人，先有一個彼此同意的計畫，那是你們的大方向，然後接受過程裡的那些跟預期的不一樣。因為你們知道，後來最美好的、最讓人回味的，永遠是那些不在預期裡的驚喜。而你們更明白，旅程裡最美好的風景，並不是最後的那個目的地，而是在過程裡，那些彼此都可以用很輕鬆的態度，一起經歷的點點滴滴。

不要帶領「愛」去哪裡，因為可以讓你帶著走的東西，都不會帶你走到比你所想像更好的地方；讓「愛」帶著你走，因為只有愛，才能帶你去另一個有愛的地方。而我們可以讓「愛」帶領我們的方法，

就是不要把「愛」設限，不要先預想「愛」一定要有的樣子。

每份愛的開始，都一樣美好，直到我們不再把那份愛當成一場傳奇，那就是當愛開始走入了尋常的生活，每份愛會開始走到一個三岔的路口，有的人選擇「不適合」，於是他們分開；有的人選擇「改變對方」，於是他們開始不快樂……

也有的人，選擇踏上那條他們最陌生的道路，可是他們總是不會忘記要回頭看，會提醒自己，他們是為了更快樂，於是才出發的。他們偶爾迷惘、偶爾害怕，可是卻從不退縮，因為他們知道，只要兩個人願意同心協力，就一定可以走出愛的道路。而讓他們可以一直同心協力的原因，是因為他們一直保有欣賞愛的能力，是因為他們知道：

愛，可以跟你想得不一樣。

第八劃

是兩顆心‧在一起，

才是真的「在一起」

輸 的 人
其 實 最 贏 ¶

前提是你愛他，而且認為他是一個值得交往的人。

但有時候爭執起來，你還是會對他突然失去感覺。你無法相信，他會這麼不可理喻，甚至火起來還會有一縷黑煙從腦海飄過，連你自己都嚇到！因為那團黑煙，叫作分手。

你左思右想，都覺得自己沒錯。你怕偏袒自己，還去問了一些好朋友，他們都說你真的沒錯（其實也不用問，因為會跟你成為朋友的，應該跟你都是同一種人）。

那些爭執百分之九十九都是小事。但也因為是小事啊！為什麼他就不肯讓步呢？！為什麼他就一定要贏呢？！

那你又為什麼一定要贏？！

因為事情應該要說清楚，因為世界應有正義，因為這樣兩個人才能走得長久。

但是事情真的是這樣嗎？

我的朋友 Julia 就絕對不會這麼想。

Julia 是一個小有知名度的女企業家，還擁有美貌，所

以經常上媒體版面。她的男朋友，在專業管理的領域裡，比她更專業、成功，媒體也會報導他，但都是很專業的財經媒體，跟 Julia 會上的女性休閒時尚媒體很不一樣。

西洋情人節的晚上，Julia 約了一群朋友聚餐，他也一起來，他們是如此登對，包廂裡所有的朋友都衷心羨慕、祝福他們。

突然有人說，八卦記者來了，他們想拍 Julia 跟她男朋友的情人節。

他的臉色一沉，她知道他不高興了，趕緊打圓場：「那也是他們的工作，我們不受訪，就讓他們拍拍照交差了事吧。」

「我是專業人士，不上八卦版面。」他在整桌朋友面前說出來。

Julia 一下子火氣也上來了，回嗆他：「那我就不專業嗎！」

那是一個突然失去聲音的情人節夜晚，他們沉默、回家，最後 Julia 還是決定把精心挑選的禮物送給他。

他還在生氣，沒有拆開，他不想要驚喜，甚至把那份禮物推到角落。換作是妳，妳會怎麼反應？大多數的人會發更大的火。

但是 Julia 沒有。

幾個月後，中國情人節來了。那是他們私人的燭光晚餐，是 Julia 下的廚，她不但親手做了一桌他最愛吃的菜，還努力去調來他最愛喝的年份的紅酒，最後他拿出了要送 Julia 的禮物，Julia 拆開它，一臉驚喜。但是，她跟他說：「你還欠我一份禮物歐！是上一個情人節的。」

他一下子想起來，自己都覺得不好意思，那是一個接下來，因為虧欠、感謝，而雙倍浪漫的夜晚。

第八劃

是兩顆心在一起，

才是真的「在一起」

後來，每當我急著要在一個爭執裡贏的時候，就會想起 Julia。

如果你贏，只是因為公道如此，那公道不會給你幸福，因為幸福一直都是兩個人之間的事而已。

如果你只是暫時輸了，如果他真是一個好人，那他遲早會還你公道，還會雙手奉上感激跟憐惜。

我還知道 Julia 曾經「輸」的事，每當他又從另一個國家忙完飛回來，說想來看她，明明有傭人的 Julia，那天再累她都會等他的門，她知道他想她，所以她希望門一開，他就可以看見她，Julia 還會蹲下來幫他換鞋，然後端上一碗她自己煮的湯，她知道一碗熱湯，經常對一個男人來說，就是最純粹的幸福。

Julia 做的這一切，是很多事業成功的女人不願意做的……她好像滿盤皆輸。

卻其實贏。

他們一直很幸福。

沒有僥倖，那是她用智慧贏得的幸福。

能 從 妳 的 角 度 想，

才 能 給 出 對 的 幸 福

能 從 妳 的 角 度 想 ，
才 能 給 出 對 的 幸 福

　　妳在很年輕的時候，替「愛情」想了很多，妳想過自己會在哪裡遇見他，想像過他應該是怎樣的人，妳連跟他會過的日子、會一起去做的事情，都曾經憑空想像過很多。

　　然而，大多數的我們，後來遇見愛情的方式，跟我們所想像的，經常並不一樣。而妳終於遇見的他，他的外表也許跟妳所想像的比較接近，因為那正是妳會喜歡的樣子。可是他的個性，他對許多事情的看法跟反應，都跟妳所想的很不一樣。妳開始發現，原來愛情跟妳所想像的並不相同；原來愛情就跟「他」一樣，妳可以找到一個自己會喜歡的外表，但很難有為妳量身訂做的內在。

　　於是，妳開始替「他」想，為他的所作所為，找到一個合理的理由。妳最早替他想的題目，叫作「他是愛我的」。因為妳很喜歡他，所以妳很容易就看見他對妳的好；妳視若無睹的，是他對別人也都很好。妳總是替他想，妳覺得總有一天，他一定會看見妳的好。又或者總有一天，他一定會對妳比對別人更好。那是一段漫長的等待，妳在那場等待裡，替他想了很多……最後，妳沒有等到他發現妳的特別，那是我們每個人都曾經有過的苦戀。

後來，妳開始談一場真正的愛，因為體貼的妳，總是習慣替別人想，所以妳還是會替他想，針對那些他對妳的不好，妳替他想了很多理由。妳覺得他不是故意的，他只是孩子氣而已。妳曾經替他想過的理由很多，有些妳輕易就相信了；有些卻連妳自己，都說服不了自己。

　　妳一直以為，那就是我們對愛的包容，也一直相信，自己的付出，最後可以感動對方。直到妳已經快被那場感情搾乾，妳覺得感情好難，最困難的地方是它們在一開始都同樣美好，可是為什麼一樣用心經營，有的人會走到幸福，可是有的人就走成悲劇？！妳突然覺「愛情」很複雜，要替一個深愛的「他」想更複雜，那是妳經常在透支心力後的茫然。

　　其實，讓感情複雜的，一直都是我們的心，是我們的執著跟不肯認清。一份感情，究竟能不能投資？其實千百年來，道理都未曾改變。最重要的關鍵，就是他願不願意從妳的角度去思考，就是他願不願意也替妳想想？

　　願意替妳想，才會在每次爭吵後，也願意從妳的角度去理解，妳所在意的原因；願意替妳想，才能夠真的感受，妳為了這份感情，一直在做的努力跟付出；要願意替妳想，才能夠一直將妳放在心底，也才能真的明白，其實他也總是常在妳心。

　　妳總是替他想，那是妳的善良和體貼，是妳願意為一份感情的投入，可是千萬不要忘記也看看，他是不是也願意替妳想？

　　很愛妳，那也只是愛；願意從妳的角度去想的，才能給出對的幸福；是兩個都願意一直替彼此想的人，才能一起走長遠的路。

第九劇

能從妳的角度想，

才能給出對的幸福

會幸福，是因為
我們都不完美

　　妳知道自己並不完美。妳很清楚自己的缺點，外表跟內在的，然後，同樣地修飾或遮蓋它們；妳還知道，自己很可愛，因為妳的優點，比缺點多很多，懂得欣賞妳的人，就會發現妳很值得愛，很值得一份真心的對待。

　　我們都在尋找愛，尋找一個值得我們愛的人。又或者，其實我們更多時候是在等待，等待一個懂得欣賞我們的「可愛」的人。

　　我們為「愛」的準備很多，除了努力讓自己的狀態更好，我們為「愛」所做的最大的準備，就是「想像」：想像我們會愛上一個什麼樣的人？想像我們從此以後，會跟他過著哪種幸福快樂的日子？

　　我們總以為，「愛」最難的部分，是遇見一個妳喜歡他，而他也喜歡妳的人。這個階段的愛，需要運氣和緣分；後來，我們才發現，「相處」比「相愛」更難，而這個階段的愛，明明是兩個人可以努力的。可是，我們絕大多數，卻還是在這個階段敗下陣來。

　　妳不明白的是，當時曾經很愛的那個人，為什麼到後

來，會跟妳原本想像的「他」，有那麼大的差異？！妳很堅持，並不想妥協，於是我們在一次又一次的挫折裡，學會對自己說：「這世界，一定會有一個真正適合我的人。」我們把問題推給未來，推給命運──有時候是對的；但有時候，也會讓我們太輕易就錯過了，一個已經是對的人。

是的，這世界一定會有適合妳的人，而且，甚至不會只有一個。

但是，他一定跟妳一樣，也是不完美的人。

所以，他也一定會有很多缺點。而且在一開始的時候，也會遮掩起來。而當我們終於發現了那些缺點，我們很容易就凝視著它，用定格拉近的方式，讓它看起來越來越大，直到我們再也看不見，對方本來很吸引我們的優點。

而那些所謂的「缺點」，又究竟是普世公認的缺點？還是，其實也只是他的某些價值觀跟妳的「不一樣」而已？！

這世界的兩個人，就算再相愛，也還是兩個個體。所以妳在乎的，跟他執著的，本來就不會總是一模一樣。很多的「一樣」，是你們當時相愛的原因；可以「不一樣」，才是那份愛可以長久的理由。

而我們想像中的愛，總是把對方理想化得那麼完美：他應該要溫柔、體貼，包容我們的一切。於是，當我們終於遇見了一個願意對我們好的人，我們覺得很幸福，可是幸福也很容易讓我們忘記：他其實沒有那麼偉大，他不是天生就應該對妳好。他對妳好，是因為他希望，你們一起的未來更好。他也是人，也有情緒，也有他突然覺得脆弱的時候。

所以，當他讓妳快樂，妳也應該想想，那他快不快樂？而當他讓

妳覺得委屈,妳是不是也願意,試著從他的立場去思考,那些讓他憤怒的原因,是不是換個角度想想,其實也可以成立?

因為「愛」的發生總是在瞬間;因為「愛」的開始總是很美麗,所以我們總是要到相愛之後,才會發現,原來愛也有不美麗的那部分。於是有的人,發現了愛的脆弱;也有的人,就算經歷了那些風雨,最後還是跟相愛的人,在同一條船上,一起見證了愛的堅強。

也許是因為運氣,也許是因為他們有好的眼光,而他們最棒的眼力,就是很早就認清了那個事實:他不會很完美,就像妳也不會是一百分。兩個人,最好的組合,並不是彼此都是零缺點,而是彼此知道,什麼會讓對方開心,什麼會讓對方不舒服,然後願意在那個默契裡,好好地經營,一起要的幸福跟生活──這世界,沒有完美的人。卻絕對存在著,完美的關係。

會幸福,是因為我們知道,而且欣然接受:其實我們都一樣不完美。

第九劃

能從妳的角度想，

才能給出對的幸福

真正會陪妳到最後的，
是身邊這份愛 ¶

妳不知道是不是在一起久了的戀人都會這樣，會很容易對對方失去耐性？

從前他發現妳心情不好的時候，總是會噓寒問暖，直到妳終於支支吾吾地講完，他才終於鬆了一口氣，然後安慰、鼓勵妳。因為在意他對妳的看法，那個時候的妳，願意對他說的比較少，可是他想聽的比較多；隨著在一起的時間變長，因為更在意他對這份愛的表現，後來的妳，幾乎什麼都跟他說，可是妳發現他想聽的好像變少了。

妳大多數的煩躁，是來自於工作，尤其是在這個手機通訊軟體猖狂的年代，妳的老闆和客戶，總是可以隨時就闖進你們的世界，輕易就打亂你們正在進行的生活。

你們可能在一場小旅行裡，正在聊天，或者正目睹一個美麗的風景，然後妳發現手機有了新的訊息，也只要簡單幾個字，就可以把妳的情緒抓進去，妳邊打字或邊講電話，邊用眼睛的餘光看見他逐漸浮躁的表情；那也許是你們剛剛一起去火鍋店的食物架上拿的東西，整桌都是你們愛吃的菜，火鍋終於滾了，妳最愛的川丸子才剛丟進去，你們嘻笑的話匣子才正要打開，電話就響了，妳邊講著工作的電話，

142

邊看見自己碗裡的食物越堆越高，那是他陸續煮好夾給妳的菜……妳終於把電話講完，一抬頭就撞見他不耐煩的表情，用冷冷的聲音說：「快吃吧！菜都涼了……」

那也是妳突然發涼的心，妳不覺得自己在下班後，還有工作的電話是對的，所以妳才痛苦，妳才特別需要他的體諒。妳最氣的是他明明知道，那些都是妳的人生裡的身不由己，他卻還要用那種浮躁的言語或表情，來扯妳的後腿。

妳覺得他已經不像從前那麼體貼。但換個角度來說，妳知道自己壓抑的功力也在降低。妳從前總是可以努力不把情緒，帶到兩個人相處的時光。時間，讓你們卸去偽裝，也卸去對彼此的耐心。他從前真的很少給妳臉色看，現在卻很容易就不耐煩；而從前總是表現溫婉的妳，現在也會因為撞見他不耐煩的臉，而突然火大，輕易就開始了一場爭吵，或是冷戰……

直到妳突然發現，其實他的浮躁，都是來自於妳的浮躁。就好像每次只要當妳得了感冒，接下來他也很難倖免。妳才發現，原來他突然的不耐煩，都是因為在乎。因為他在乎妳，所以妳的情緒才能那麼快地也感染到他。因為他很專注於妳，所以妳的任何情緒反應，都在他的眼底，他沒有辦法騙自己不去看見。

妳才突然回想起，從前曾經在某一份感情裡的遭遇，那是妳曾經苦苦等待的某個人，妳在那份感情裡那麼努力，卻得不到他一點點的在乎。那是妳在那場心力交瘁裡最後的學會，為一個不在乎妳的人吃苦，是多麼的不值得。

於是，妳才又突然想起，現在的這份感情，當時最讓妳感動、雀

第九劃

能從妳的角度想，

才能給出對的幸福

躍的，不就是因為他的那一份「在乎」嗎？！

那天，當你們走出火鍋店，妳突然去碰他的手，他馬上把妳的手牽起來，那已經是他的反射動作了。他知道妳在示好，他沒有不給妳台階下，他本來就沒有想要為難妳。妳突然氣也消了！一切都來得這麼快，所以也應該要讓它很快就消失。

妳抬頭看見他的眼睛，裡面都是笑意，還有開心的陽光，妳才發現，原來他真的很在乎跟妳相處的時光，所以才會一旦受到冷落，一旦發現自己並不在妳此刻的世界，就會變成一個不肯說道理的小男孩⋯⋯

妳忍不住笑了，懂了。

妳終於明白，什麼才是妳的人生裡的真正重要。而眼前正困擾妳的那一切，工作的、生活裡的各式各樣的事情，它們最後都會過去，而且甚至比妳所想像的更快、更輕易地過去⋯⋯

真正會陪妳到最後的，是身邊這份愛。

第几齣

能從妳的角度想，

才能給出對的幸福

愛最關鍵的
「三秒鐘」

親愛的，當我在電話裡聽見妳說要結婚的消息，天知道我有多高興！

我知道那就是緣分，兩個台灣人，卻在巴黎相遇，妳說你們一見如故，可以聊的話題那麼多，就連夢想中的婚禮，要在南法的普羅旺斯，都一模一樣。

認識十幾年，那是我第一次聽妳，這麼確定地描述一個人，那麼篤定地形容一份感情，妳用了「好難得」形容他——我在國際長途電話這頭聽著，可能是因為捨不得打斷妳的興奮和喜悅，可能是因為我也很開心，我一點話都插不上。就在我聽見妳說，妳只花了三秒鐘，就決定愛上他的時候，我笑了！我想我完全懂妳的意思……

那就是愛的神奇，我們總是很容易用「三秒鐘」，就決定要愛上一個人。

我們比較困難的，是跟相愛的人，接下來更多的那些「三秒鐘」。

那是妳突然覺得很委屈的「三秒鐘」，妳不懂，他為什麼會這麼自私？！妳的思緒，從那個三秒鐘出發，妳在那場思緒的漫遊裡，一不小心就想得更多……那是妳除了這次的

146

委屈，還一併想起的，許多在這份愛裡的不順利，妳覺得很心酸，心酸到都幾乎忘記了，自己一開始覺得委屈的理由；一不小心就忘記了，再回去那份感情的路……

那是我們突然覺得很憤怒的「三秒鐘」，我們很難理解，一個總是對我們這麼好的人，為什麼要為了這種小事，發這麼大的脾氣？！一如我們也難理解，一向有好教養的自己，為何在當時會突然那麼張牙舞爪？我們最難理解的，是在那個三秒鐘的憤怒後，下一波又朝自己捲來的那陣更洶湧的憤怒海嘯……我們在裡面無法呼吸，幾乎失去意識，發現自己唯一的信念，竟然是想信手就毀掉那份愛。

親愛的，我做這些描述，不但容易，而且熟悉，因為我不只一次地經歷過，那些委屈和憤怒的「三秒鐘」，而且不只一次地在那些「三秒鐘」的後來，真的就毀掉了愛。

一份愛，三秒鐘就能成立。比較脆弱的，三秒鐘也就毀掉了；而那些比較堅固的，又能承受多少次，那些「三秒鐘」的巨大衝擊呢？！

如果我們都那麼確定，自己是真的遇見了一個「好難得」的人，那可不可以讓我們試著用跟從前不一樣的自己，去面對那份愛？

如果我們也清楚自己在那個委屈、憤怒的「三秒鐘」裡，所做的龐大聯想，是一種慣性，那可不可以，讓我們也開始努力去嘗試，讓那個三秒鐘回到它本來的樣子，它也許不是海嘯，而是每一份感情裡都會有的波折和漣漪而已。

我們會在愛裡覺得憤怒和委屈，大多數的原因，是因為對方在某件事情或觀點上，不符合我們的期望。對愛抱著美好的期望值，那是我們當時進入愛的理由。我們所認為的一個好的對象，通常就是一個

第九則

能從妳的角度想，
才能給出對的幸福

可以處處都符合我們的期望的人。

　　直到我們發現，這個世界上，根本不會有一個，跟妳想像中一模一樣的人，我們才開始進入了愛的下一個階段。我們才開始理解，原來對方也同樣對妳抱著期望。我們才突然發現，原來愛，並不是只有我們看著對方，而是我們也可以從對方的反應裡，看見自己。　愛就像一面鏡子，當我們終於願意端詳著那面鏡子，我們才發現，原來妳的委屈和憤怒，跟對方的委屈和憤怒，其實並無不同。我們才終於明白，原來愛，並不是一個人的單向立場跟思考，而是兩個人，邊相愛、邊修正雙方立場的結果。

　　疼惜，是兩個人好的時候，妳愛上他的理由；珍惜，是偶爾不好的時候，兩個人都會記得回頭看，那些好過的點點滴滴。疼惜，是決定要一起走的理由；珍惜，才能真的走出長遠的路。

　　親愛的，可以參加一場普羅旺斯的婚禮，對我來說真的非常誘人，但我最近的的工作讓我無法走開，那真的讓我非常遺憾，卻遠不及我的開心……因為那是妳的婚禮，是妳終於決定要和一個人，一起走長遠的路。

　　禮物，我想再細細挑選；我卻趕緊先寫了這封長信，要獻給兩個相愛的人，那是我最衷心的提醒和祝福。

　　愛的「關鍵時刻」很多，包括這場婚禮你們將對彼此說出「我願意」的允諾，包括當時妳決定愛上他的那個「三秒鐘」，可是真正會讓你們幸福的，卻是接下來的那些「三秒鐘」，是因為你們一起攜手跨越了那些「三秒鐘」，才讓你們的愛，可以永恆。

　　愛你們。還有一萬個從台北飛向普羅旺斯的祝福。

感情裡的「好人」，

都是不快樂的人

感情裡的「好人」，
都是不快樂的人

子君是一個好人，她很好商量，她連那段三年多的感情，都可以在男友希望「好聚好散」的前提下，努力用微笑跟他說再見——這是子君在給我的來信中，對自己的形容。

她說那天突然接到了一通電話。打電話來的女人是她前男友的現任女友，她拜託子君給她一些建議，因為他們大吵了一架。子君不但鼓勵她，也真的給了她一些建議……這個故事到目前都很好，會不會太美好？這個世界真的會有這麼好的人？

子君，我很抱歉，我要說出實話，我比較喜歡這個故事的接下來，因為它比較接近這個世界。妳說自己在數天後發現，他們真的又和好了，而且還進行了一趟旅行，當妳在前男友的臉書上，看見他們一起放閃的出遊甜蜜照，面對一個明明已經不屬於妳的人，面對一份明明被妳鼓勵祝福過的感情，妳發現自己竟然還是傷心得哭了。

親愛的，所以妳還沒有好；妳不但還沒復原，還在他的生活周邊徘徊。

他都已經大步走開，而且那麼快就又有了新戀情，那

句他留給妳的「好聚好散」，他真的做到了！也真的那麼令人不堪。

在感情裡，我們大多數不是「好人」，因為好人只會讓對方低估妳的感受，妳覺得不舒服，就應該說出來，就好像妳也希望他不要隱瞞。你們一定會吵架，那是因為你們還在摸索跟彼此溝通的方式。從前，妳會認為自己心裡所想的，對方一定都懂；現在，妳不會因為害怕吵架而不去溝通，因為妳知道自己如果不說出來，對方永遠都不會知道。妳寧可具體地知道彼此是在那個部分無法跨越，也不要彼此不明不白地慢慢退開。每一份愛，起點都一樣是相愛，還能用溝通跨過那些障礙，愛才會有將來。

在感情裡，我們很真，我們不做「好人」。不要明明傷心，還要微笑。不要明明還做不到，卻要假裝原諒。不要明明錯的人是對方，卻是我們在假裝睿智。在感情裡，如果當一個好人，會讓自己傷心，那就讓我們不要做那件好事。

因為自己才是最重要的。

這不是一封尋找建議的信。因為子君在信的最後說，在發出這封信的前一分鐘，她已經刪掉了前男友的臉書，也決定不再接他們的電話，她跟我說，自己一定會努力走出來。

我喜歡這個故事的結局，因為它很真實，而它最真實的部分是，妳一定會走出來。從此不再做一個感情裡的好人。因為感情裡的「好人」，都不是快樂的人。

從此成為感情裡，我們真正應該做的「好人」：一定要先對自己「好」，然後再去對別人好的「人」。

　　當時我正在電腦前想著一個邀稿的題目：「分手還可以是朋友嗎？」

　　幾年不見的傑克，就在這個時候打電話來。

　　他問我經紀的造型師缺不缺助理？他有個朋友很想進入這行，不用領薪水都沒有關係。

　　「你是因為想『把』那個女生，才幫她找門路嗎？」我說得很直白，我其實心裡還想著，如果你再開口跟我借錢，那我要問你幾年前跟我借的五萬元，要不要先還？！

　　比起傑克之前為期八年的戀人美櫻所付出的，我那五萬元根本不算什麼。

　　美櫻是一個很優秀的美術設計，我因為製作一本藝人書而認識她。當時我剛創業，於是就跟她分租辦公室，從此變成工作間的室友。

　　美櫻跟傑克是在網路上認識的，因為美櫻的鼓勵，原本住在台南的傑克搬來台北發展，他們很快地變成出雙入對的情侶，也是工作上的夥伴。

我第一次看見美櫻的時候，傑克就坐在她旁邊安靜地工作。留著長髮的傑克長得很帥，比美櫻年輕很多。一個年輕、英俊的浪子帥哥，又有才氣，一定讓很多來這裡的客戶印象深刻吧！

　　「美櫻的男朋友好帥歐！」女孩們的耳語很快在廣告界傳開，她們羨慕她，覺得她很好運。

　　只有我知道這段愛情其實是個悲喜劇。

　　他們相愛，應該是的！起碼美櫻在精神上依賴傑克很多，傑克會讓她更勇敢，

　　去面對這段愛情的「悲劇」部分——我很快就發現傑克的平庸；如果不是因為美櫻罩他，他做的很多東西，都經過美櫻暗地裡的大量修改、美化，才可能交給客戶。

　　在交給客戶前，她還得哄自我感覺超級良好的傑克，怕他生氣、傷心，說是因為客戶程度不好，所以把東西調成這樣才會過關。

　　美櫻的媽媽久病，她自己的經濟負擔也很重，跟傑克共事後，她每個月還要多付一份薪水給他，這是工作上的負擔；在情感上，她還要分擔這個男人遠大的夢想。

　　傑克的夢想很多：換一台新車，每天載他們上下班，於是他們就去貸款買一台車子；傑克想成立一個可以賣自己的手作商品的網站，美櫻就去信貸資金讓他燒錢；連傑克想幫在台南的家人開一間早餐店，美櫻都要插一腳……好幾次我半夜路過公司，都看見美櫻的工作燈還亮著。

　　這不是一個老女人跟小白臉的故事。

他們是一對患難鴛鴦。他們相愛，因為愛而勇往直前；只是他們沒想到，沿途為他們設下重重荊棘關卡的，也是那份愛。

傑克的夢想很多，卻沒有一件事情成功過。

「運氣」一直不好的傑克，又或者更直白地說，資質平庸的傑克，成為美櫻最美麗的包袱，她邊拖著他，邊接受旁人的羨慕，再甘之如飴的心情，也遲早被現實消磨殆盡了……

那天我進公司，看見美櫻趴在工作檯上。我以為她只是熬夜趕稿累了在休息。苦著一張臉的傑克，在茶水間小聲對我說：「我們半夜要回家，發現車子被偷了，媽的！我們這個月才剛還完貸款咧！」

我走出茶水間，突然撞見美櫻從工作檯上抬起頭的眼神，那雙布滿血絲的眼睛，裡面透露著疲憊……我想起前天晚上，我們聊天時說的話：

「妳跟傑克在一起多久了啊？」我說。

「到明天滿七年。」她說。

「真不容易，兩個人可以一起經歷那麼多。」我說。

「我最近發現他……」美櫻支吾了一下，「我發現他最近又開始在網路上跟一些女孩聊天。」她終於說出內心的話。

「他一直是一個需要別人聽他說夢想、崇拜他的人，我後來實在沒力氣再聽他說這些，所以他就到外面找，就只是這樣而已！他也不會真的跟那些女人怎樣的。」她喃喃自語地說。

兩個月後，因為辦公室租約到期，我決定搬出去換大一點的辦公

第十劃

感情裡的「好人」，

都是不快樂的人

室；美櫻他們續租，兩個人用了最省錢的方式，為辦公室進行了 DIY 大改造。

一年後，我聽說他們分手了。美櫻結束了工作室，隻身到北京發展，她馬上在北京得到一份國際時尚雜誌的美術總監的工作。

單身後的傑克還是個夢想家，他偶爾打電話給我，我不太會聽他說那些不切實際的夢想，只有一次，他很慌張地打來跟我借錢，我想他應該很急，就借了他五萬，其實借了我也沒想過再拿回來。

這次他提出：「缺不缺免費助理？」的爛提議，我也沒打算處理。一個夢想家的品味，我實在很沒有把握。更何況，對方還是一個網路上崇拜他的女孩。

掛上電話，我開始寫文章：

我從不相信，分手後還可以當朋友。

被宣告分手的那一方，只有錯愕、憤怒和悲傷，這三種情緒都不存在於朋友關係裡。如果這樣還可以當朋友，那就是假裝，假裝換一個身分，還眷戀著對方的愛。像這樣的「假」朋友，其實都很難持續太久的。

如果真的那麼缺一個朋友，也必須在雙方都已經冷靜後，也許半年、一年後，若還有機緣，大家再交個朋友吧！

一份愛，若分得痛徹心腑，竟然還可以輕而易舉就馬上轉換成另一種身分，又會不會太可惜了那份愛呢？！

也只有「平和分手」的戀人，才有可能馬上變成朋友吧！然而，曾經那麼相愛的兩個人，為什麼面對一份愛的逝去，還可以那麼平和

第十劃

感情裡的「好人」，

都是不快樂的人

其實妳沒有遇見
更好的人 ¶

有一種朋友，你們心靈相通，不用經常聯繫，久久一通電話，就像一台塵封在儲藏室一整年的暖爐，只要拿出來一插上電，就可以溫暖一整個冬天。

Winnie 和我，就是這樣的朋友。

那天當我們又通上電話，我答應去看她，去看看她在新店山上的小房子，還有「他」，那個 Winnie 交往了三年的男朋友。

寒流來襲的新店山區又濕又冷，門一開，Winnie 就給了我一個大大的擁抱，迎接我們的還有她插了一屋子的花，還有滿室的溫暖燭光。

或許這幾年我錯過了什麼，因為我不知道 Winnie 開始這麼會過日子。

那個我初次相見的「他」，肉肉的、笑咪咪的，在 Winnie 悉心準備的早午餐時光裡，我好幾次撞見他看著她的眼神，他們應該已經走過熱戀期，可是眼神裡卻還有那麼濃郁的愛。

第十劃

感情裡的「好人」，

都是不快樂的人

「他不錯，看起來是個很好的人。」我說。 我跟 Winnie 一起坐在她的小花園裡，剛才在屋子裡燦放的山櫻花，還有木頭餐桌上好吃的沙拉，都來自這裡。

「我都不知道妳後來換口味了，他不是妳以前會喜歡的型。妳以前只喜歡瘦瘦高高的酷哥哩！」我笑著說。

「哈！對啊！」Winnie 說。「試試看我自己做的菊花茶，純天然有機的喔！」她把花園小茶几上的花茶杯遞給我。

一個曾經跟你一起走過青春歲月的老朋友，多年後，當我們又在小山上重逢，共飲一壺花茶，那個暖烘烘的感覺，讓我一下子又跌入了當年曾經一起經歷的時光……

「妳還記不記得，我們大學快畢業的時候，那個在誠品畫廊打工，唸文化大學美術系的帥哥，見鬼了！一見到妳就驚為天人！」我說，來不及等她回應我，又繼續說：「那個真的帥！留長頭髮，服裝品味又好，每天還會風塵僕僕從陽明山騎越野機車到校門口接妳，我們那時候是怎麼形容他的……對了！『凱文克萊的廣告模特兒』啦！那時候有多少系上的女生，私下酸葡萄說，Winnie 憑什麼啊？！」

「對啊！那個真是他媽的帥！」想起來了。「但是也很自私，一畢業就說要去英國唸書，還要我等他五年！他從頭到尾都只會想到自己要什麼。」她說。

「還有，妳開始工作的第二年，認識的那個補習班老師。才認識妳的第七天，就遇到妳的生日，他去買了一對情人手機和門號，外帶一對情人金戒，要趕快把妳定下來！那傢伙真的超浪漫的！」我說。

160

「對啊！可是他又黏又脆弱。每天把我看得牢牢的，後來我終於受不了說要分手，哇塞！他還在我面前大哭！」她說。

「還有那個比妳大七歲的銀行經理，又帥又體貼的那個啊！有一次我們要出國去玩，他因為工作忙沒辦法一起去，可是，竟然意外出現在巴士站──就為了給妳送愛心早餐。」我又想起一個她的前男友。

「那個啊！我跟他分的理由更誇張，因為他在做愛的時候笑……氣死我！怎麼會有人在做愛的時候，因為對方很享受的表情笑的啦！」她笑著說，覺得自己在年輕的時候真是又任性、又莫名其妙。

「『他』的確不是我喜歡的型。」Winnie 突然認真地說。

「所以妳最後選擇跟命運『妥協』，沒魚，蝦也好？」我順理成章地這麼想。

「『妥協』個屁啦！你覺得老娘是那種人嗎？！」她看著我，昔日的嗆辣又突然回來了！沒錯！那就是我當年認識的 Winnie。

「我一開始的確沒有很中意他，只想說試試看，沒想到後來跟他在一起這麼開心，而且我從前遇過的那些男人的缺點，他或多或少也都有，他甚至還有那些人來不及讓我看見的缺點……但好奇怪！我就是越來越愛他，我現在甚至會覺得，如果我還像從前那麼任性，那麼容易就選擇放棄，我這輩子可能都再也遇不到一個，像他這麼好的男人了。」

她邊說邊啜了一口茶，配上一塊他們一起完成的手工餅乾，笑得又滿足、又幸福。

在搭車下山的路上，我看著窗外，窗外盛放的山櫻花，迷亂了我

第十劃

感情裡的「好人」，

都是不快樂的人

的雙眼，我的思緒飛快地跳躍在過去跟現在之間，像一部意識形態的紀錄片，我眼花撩亂地看著，思考著裡面的「規則」。

我們都曾經替自己的愛情、自己想愛的那個人，定下一些「要」跟「不要」的規則，對不對？！

妳「要」的規則比較簡單、具體──所以妳很容易就因為那個人具有那個特質，符合了妳「要」的規則，於是很快地愛上他。

妳「不要」的規則比較複雜、抽象──所以妳很容易當那個人觸及了某個，連妳自己都不是很確定的地雷，於是妳選擇離開。

妳會難過，但妳更灑脫，因為妳一直相信：妳一定會遇見更好的。

在那條找尋真愛的路上，妳勇敢直視前方，卻經常忘記回頭看看自己──在那一次次「要」跟「不要」的愛情裡，妳也在成長、也在蛻變。

而那其實是「時間」教會妳的。

它教會妳包容、欣賞，這個世界有許多規則，其實跟妳原本想像的並不一樣；它更讓妳知道，其實妳跟妳經常離開的人，一樣並不完美。於是，妳開始明白：

妳必須先學會讓自己活得海闊天空，才能看見更不一樣的世界。

直到妳終於遇見了真愛。妳以為是遇見了更好的人。

其實妳遇見的，是更好的自己。

是那個「更好的自己」，讓妳用更輕鬆、更珍惜的角度，去欣賞眼前那個人，還有妳終於發現的真愛。

而關於真愛，與其依賴運氣，渴求上天讓妳遇見一個「更好的人」；倒不如靠自己，去邂逅一個「更好的自己」。

經過一段不算近的車程，我在誠品書店下車。我想買一張卡片，從前我總是會在 Winnie 重要的日子，寫一張卡片給她。最後我坐在書店門口的台階上，從包包拿出我的筆，我想謝謝她：謝謝那頓美味的早午餐、謝謝可愛小花園的下午茶、謝謝種種妳為老朋友悉心準備的愛⋯⋯

謝謝她用「愛」，告訴了我「愛」的道理。

第十劃

感情裡的「好人」，

都是不快樂的人

一份在多年後，
也不會後悔的愛

也許，妳正在為一份感情而努力，妳大多數的時候是快樂的，只是偶爾還是會懷疑自己這份投入，是不是真的值得？會不會到後來成為好夢一場？

也許，妳剛從一份感情離開，妳覺得很可惜，但妳已無能為力⋯⋯終於妳開始懷疑那份愛，懷疑對方到底有沒有用過真心？妳很想豁達，告訴自己最後也只能放下，可是妳白忙了一場，妳放不下的是正在心中滋長的悔恨，妳有時候會懷疑，到底錯的是無情的他？還是識人不清的自己呢？

愛是一場賭注，但即便早有心理準備，我們還是很難「願賭服輸」。幾度東山再起的我們，會鼓勵自己不要因為害怕傷害，就關上幸福的大門。在感情裡再害怕，也無法給妳正在投入的愛掛保證。我們永遠無法預測一份愛，最後會是如何；但我們可以盡力去做到讓自己將來不會後悔。

兩個人在一起，有沒有越來越好？

不是物質的好，而是彼此都在那份感情裡得到安定、諒解，還有越來越多的珍惜。我們很難量化，很難估算愛的濃度，可是我們自己知道，自己有沒有因為那份愛而越來

第十劃

感情裡的「好人」，

都是不快樂的人

越好？那是妳因為愛一個人而產生的改變，妳希望讓自己更好，因為一直很努力的他，當然值得更好的妳；妳會想對他好，因為妳不希望只有自己在那份愛裡享福，他也要一起享福；你們已經有彼此形成默契溝通的方式，雖然偶爾還是會擦槍走火，但你們從來沒有忘記要溝通。

每份愛的開始都很好，它們有一些會越來越好，也有一些會越走越淡。那些走不完的愛，它們的前兆都一樣，就是妳會越愛越寂寞。妳知道愛是一種生活，是兩個人有共同目標的人，開始要走同一條路；妳也同意愛會越來越簡單，但不是「說好的」簡單，是愛會自己去走出來的簡單。因為越簡單的，越需要心意。是因為感受到了彼此的心意，才會越來越眷戀那一份簡單的生活。這麼多年來，妳也已經可以判斷，一個總是跟妳說「我只想好好過日子」的人，究竟是在提醒那份簡單，還是他們已經不再願意花時間去瞭解對方。

你們有沒有在那份愛裡，都越來越好？不只學會勇敢，也學會謙卑；不只學會高貴，也懂得享受平凡？一份好愛，跟其他的愛最大的差別，就是它絕對是雙方投入，共同架構，所以它除了激情，一定還存在著冷靜。而那份冷靜就是「責任感」，是彼此都深深覺得，如果一不小心就毀掉這一切，會是多麼地可惜跟讓人捨不得。

妳真的已經不再渴望那種瘋狂，因為一個總是用直覺跟情緒跟妳相處的人，經常可以給妳多少喜樂，也可以給妳多少傷害；妳也已經經歷過那種義無反顧，妳後來沒說出來的，是當時堅信的絕不後悔，現在看起來，為什麼會覺得犧牲得有點不明不白？！

妳不常說出妳的後悔，因為後悔莫及。所以我們才真的要努力讓自己不後悔。

第十劃

感情裡的「好人」，

都是不快樂的人

「兩個人，都要在那份愛裡一起變好。」那是我們終於學會的標準。兩個一起在愛裡變好的人，我想不出他們有什麼理由要分開。但愛的確如此無常，即便在日後，我們還是因為一些原因，必須分離。

　　謝謝你，謝謝我自己，因為我們的確是一起努力過讓那份愛更好，讓自己變成了更好的人。

　　我沒有後悔。

最 可 怕 的 不 是 愛 錯 ，

而 是 將 錯 就 錯

最可怕的不是愛錯，
而是將錯就錯 ¶

我點開自己的 FB 粉絲團，看見一個訊息跳進來，那是一個愛情故事，留言的人跟我素昧平生，可是她願意跟我分享自己的難題，而且希望得到我的意見，每次只要收到這樣的長訊息，再忙我都會停下手邊的工作認真看……

她說自己已經猶豫很久，究竟要不要離開他？他曾經對她很好，可是在交往一段時間後，他開始評論她，評論她的外表、她的生活習慣跟做事的方法，他甚至連對她來往多年的姐妹淘，都有意見。他不是只有在私底下批評她，他在朋友們的聚會裡，也會當眾糾正她。她說自己也想過，他也許是真心為她好，所以她試著接受他的批評，她只希望對方可以多體諒她的感受。她很懷念那段彼此剛開始交往時的時光，她懷念他的體貼、耐心；她最懷念的，是當時在他眼中，曾經那麼特別的自己。

「角子，你覺得我應該離開他嗎？」她在訊息的最後這麼問我。

我在她寫的故事裡，尋找答案的蛛絲馬跡。那不是我原創的答案，在一個感情的問題裡，其實答案往往已經浮現

在當事人說故事的角度裡——她知道這個人不會給她真正的幸福，她懷疑自己也許愛錯了人，可是我讀不到她真的有想要離開他的意思……

那也許不是個單一案例，也許我們也都曾經跟她一樣愛錯過人。然後，一樣問過許多人的意見。如果我們可以在一開始就聰明地看見了愛，又怎麼不會在後來發現的那些證據裡，發現自己可能已經愛錯？！似乎早就知道答案的我們，總是期待著別人給我們不一樣的答案。只要在別人的答案裡，發現了一點點新的希望，都可以讓我們沉迷其中……但事實是，別人的答案跟我們早就知道的那個，往往都一樣。而我們並不需要那個一樣的答案，如果我們需要的答案是「離開」，那我們早就直接離開，而不會還留在這裡，試著尋找各種可能。

最可怕的，並不是發現自己愛錯了人，而是我們發現自己竟然還在猶豫，要不要繼續錯下去？

而讓我們繼續錯下去的原因，是因為我們擔心自己會誤判、害怕會錯過，所以才在那份感情裡，將錯就錯，繼續做一個明知故犯的人。

這個世界「愛錯」的樣式有很多，可是「愛對」的樣子卻只有一種。一份對的愛，不會讓一個人變得完美，卻絕對會在對方眼中成為特別。他不是因為欣賞妳的優秀，而是在知道了妳所有的缺點之後，還依然深愛著妳，那才是真的愛。

有時候我們太渴望愛，卻忘了我們當初追尋愛的理由。我們是為了更好，才去愛。我們在追尋的過程中學習，不止要學會珍惜一份會讓我們變得更好的愛；也要學著勇敢離開那些會讓妳痛苦的情感，那也是我們追求真愛的過程的一部分。

第十一劃

最可怕的不是愛錯，

而是將錯就錯

犯錯，沒有關係。走錯了路，也無妨。只要我們始終記得「愛」的理由，記得提醒自己要走回來對的方向，沒有人可以真的保證我們最後一定會找到真愛，所以我們才更要記得，在尋找的過程裡，絕對不要先賠上自己。

　　「Dear，我覺得妳應該……」我本來想寫出我的答案，但還是突然停住了，然後把游標往前移，刪掉了那個應該並不是她想聽見的答案。最後，打上了這幾個字：

　　其實最大的損失，並不是愛錯；而是在愛錯之後，還持續讓自己一點一滴消逝的自尊，還有最珍貴的自信。

　　小芬坐在機場的椅子上，她在等正在航空公司櫃檯辦理報到手續的志偉。她很快就發現，自己坐的位置，竟然跟十年前送慕天時坐的，一模一樣。

　　〈不管有多苦〉是那個時候小芬最常聽的一首歌，因為那首歌的旋律很好聽，因為那歌詞實在太像她，當時的心情寫照……她對慕天是一見鍾情，他的一切，都是小芬所想像的「那個人」的樣子，那份她所企盼的愛裡面的「那個人」，應該會有的樣子。除了，慕天好像沒有那麼愛她。起碼，沒有像小芬愛他那樣，那麼愛她。

　　她跟慕天很有話聊，又或者是因為小芬實在太喜歡他，所以她總是很積極地回應著他的話題。當他們聊得很開心的時候，小芬會努力告訴自己，也許他們只是朋友；可是慕天告訴小芬的內心話太多，每當慕天又跟她分享一個祕密，她又會努力說服自己，其實他們應該是情人。

　　可是不管他們是情人還是朋友，他們的話題，永遠都圍繞在慕天身上。那是慕天的快樂和悲傷。那是每當慕天又丟出一個關於自己的心情的話題，小芬就會迅速的回應和研

究；可是偶爾當小芬也交出了自己的心情，慕天雖然也會呼應，但卻僅止於三言兩語，就任憑它像浮光掠影地過去。

小芬沒有那麼偉大，她沒有讓自己困在曖昧裡太久，她終於問了慕天，他們的關係。「我們如果不是正在『交往』，那什麼才是『交往』呢？」這是慕天給她的回答，她在得到那個答案的晚上很開心，可是第二天，她很快地就發現，其實事情並沒有太大的差別。

所以，小芬總是一個人聽那首歌，當慕天不在她身邊的時候，她會把音響開得很大聲；當慕天在她身邊的時候，那首歌一樣會在她心中，偶爾輕輕地流瀉出來，就像她心底的吟唱。

小芬的寂寞，不止是當下的；她還一併預想了，半年後的寂寞。她早在認識慕天的時候就知道，他正在工作存錢，然後要去英國唸書。

半年後，小芬就是坐在這個位置上，送慕天去英國的。

在那個國際電話費對他們來說太奢侈的年代，他們寫 e-mail，就像大多數的情侶那樣，起碼一天一封，小芬總是雀躍地打開他的信，細細地讀著他的生活和心情，同時也試著體諒，他在異鄉的孤寂，所以才會忘記在信裡也要寫上更多的關心……直到，慕天的信越來越少了，她知道自己最擔心的事情終於發生，他在英國遇到了另一個女孩，一個像她一樣，願意聽他抒發一切的女孩。

小芬以為自己無法再愛了，直到六年後，她遇到志偉。她以為自己必須準備面對同樣的痛苦和寂寞，她早已經有了要吃苦的準備……可是她發現自己完全不需要。志偉一樣是她會喜歡的男生，卻比她所想像的「那個人」，還可以給她更多。她才明白，原來愛最神奇的，並

不是妳所想像的那部分，並不是妳必須說服自己，想像跟現實的差距；而是愛會給妳更多，多到讓妳心甘情願地，寧可要珍惜這一份現實，然後放棄自己原本的想像。

「寶貝，咖啡。」已經辦好報到手續的志偉，走過來跟她說，還遞上了一杯她最愛的黑咖啡。

直到都快登機了，志偉才起身離開，他的目的地，一樣是英國，可是他出差十天後就會回來。小芬看著他跑著離開，她知道他一定會在跑進海關之前再回頭，

然後，她果真看見他又回頭，揮手跟她說再見。

小芬坐在這張十年前和十年後的椅子上，她想把這杯咖啡喝完再走，她不知道自己還會在這張椅子上坐多久……她的手機簡訊突然響起來，那是志偉發過來的，她把它點開，「寶貝，我不在的時候，要好好照顧自己，要好好地等我回來喔！」她看著，笑了，她在心裡點頭，她會，她知道……

十年前她不知道的，現在都知道了。

交往，就是要有來有往。愛，不是一個人努力，而是兩個人都要一起努力。

這世界，沒有只有甜的愛，每份愛裡面都一定有苦的部分，重要的是，不是只有一個人吃苦，而是兩個人都要願意一起吃苦。那才是值得我們去吃的苦，於是我們才能在那樣的苦裡，又品味到了，愛的甘甜。

等一個會回來的人，妳覺得甜蜜，是因為妳知道，他也很想要快

點回來；等一個不會回來的人，就算他真的回來停留片刻，也只會讓妳更覺孤寂。

不知為何，她的心底竟然又揚起了那首歌〈不管有多苦〉，她已經很久沒有再聽到這首歌，然後她開始輕輕地唱出來，從前她覺得那是一首悲歌，可是現在她覺得那是一首很甜美的歌。

在十年後的同一個座位上。

第十一齣

最可怕的不是愛錯，

而是將錯就錯

終 於 ，
我 們 自 然 醒 來 …… ¶

可以睡到自然醒，是多麼幸福的事。自然醒來的妳，
總是精神飽滿，看什麼事情都有好心情。那是一個週末的中
午，我剛從一場「自然醒」裡醒來，看見手機裡，躺著一封
簡訊。

「親愛的角子哥，當我真的又回到了『小樹咖啡屋』。
我終於懂了，你當時的意思。Maggie 留。」

要睡到自然醒，也只要一個週末就可以；我們在感情
裡的「自然醒」比較難。那是我們都曾經執著的一場愛。我
們在裡面疑惑、猜想，用巨大的痛苦，換一點點快樂。

Maggie 是我從前的部屬，她就是一個在感情裡不願意
醒來的人。

Maggie 的能力很好，也很上進，是一個我們都很看好
的年輕人。直到，Jason 進來了我們這個部門，他開始跟
Maggie 走得很近。Jason 也是一個很努力的年輕人，只是我
很快就看出他的野心，他是為了達到工作成效，可以不擇手
段的人，這包括他很快地就利用自己俊帥的外表，擄獲了
Maggie 的心。Maggie 會加班為他做很多事情，尤其是幫忙

178

做他最不擅長的電腦文書作業。Jason 在短時間內，就幫公司爭取到很多案子，這對公司很好；可是我知道，正在受傷的，是 Maggie 的感情。

聰明的 Maggie，又怎麼會不知道呢？又或者，她是真的不覺得呢？後來，我離開那間公司。幾個月後，我突然接到 Maggie 的電話，說週末想找我聊天。

「角子哥，下星期一是我在公司上班的最後一天。」Maggie 邊捧著咖啡杯，邊對我說。

「為什麼？不是一直做得很好嗎？」我問。

「呵，太痛苦了。認識他都已經一年多了，我連自己究竟跟他是什麼關係都不知道。嗯……你應該知道，我跟 Jason 有在交往吧？」突然問我。

「我當然知道啊！妳看他的眼神，為他做的事情，我都知道。只是我也不好說什麼。怎麼，他都從來沒有對外承認，妳是他的女朋友嗎？」我說。

「沒有。不但沒有，只要是能對他的案子推動，有幫助的女客戶，他都會放電。我每次問他，他都說沒有，是我多想。我真的很痛苦，可是我沒辦法停止愛他，所以我決定離開公司……」

Maggie 喝了一口咖啡，繼續說：「前幾天是我的生日，你知道他怎麼祝我生日快樂嗎？他在我的床上，拚命抽插我的身體，然後在高潮的時候，突然跟我說：『生日快樂』！真的，就這樣。哈，真的好小氣，連一份最爛的生日禮物，都不願意幫我準備。」Maggie 本來想當成一個笑話說，但是竟然哭出來……

第十一劃

最可怕的不是愛錯，
而是將錯就錯

Maggie 哭了很久。我跟她說了很多，但我知道正執迷其中的人，總是很難聽得進去。最後我跟她說：「親愛的，記得這個場景，記得這間『小樹咖啡屋』，等到妳真的好起來了，一定要再回來這裡，喝杯咖啡，然後想想自己，當時有多麼傻……」最後，我坐在咖啡廳裡，看著她離開，而我的陰鬱跟不捨，卻才正要開始……

　　我們都難免，曾經為一份愛癡迷。在當時的我們，總是跟自己說，事情一定會更好。直到最後，我們還是被事實屏除在那份愛之外。於是妳刻意地掩蓋住那份傷口，不讓自己看見，那是妳最後所能想到對待自己，最好的方式。

　　直到，妳在後來的某一天，在沒有預期的某一刻，突然自己醒來，輕易就看清楚了，自己當時的執著和悲傷，是多麼的可惜和不值得。

　　如果想念從一開始，就只是妳寂寞的單方面，那到最後，就只會變成紀念。真正的想念，是妳想念著他，而妳知道，他也正在想念著妳。如此就算再深的想念，妳也不覺得苦；再苦寒的夜，妳凝視前方，也依然覺得有光。

　　那是妳突然的明白：每一份愛，不管它最後有沒有結果，裡面的人，都一定要是雙數的。愛，從來不是單方面可以因為努力或者逞強，就可以成就。

　　而我們當時之所以一直逞強地留下來，是因為我們害怕，那份愛最後真的會成為一場欺騙或傷害……直到我們終於醒來，才發現當時一直在欺騙和傷害我們的，其實是我們自己。

　　是因為我們曾經對一個人好，才知道：原來單方面對一個人好，需要那麼大的勇氣和那麼孤寂。就算最後，好錯了人，也沒有關係。

第十一劃

最可怕的不是愛錯，

而是將錯就錯

這樣，下次當我們終於遇見一個也願意對我們好的人，才會知道，那有多麼珍貴和值得珍惜。

「現在回頭看，真是不懂自己當時怎麼會那麼傻啊？！現在的我很幸福，我會更珍惜。真的謝謝。」

我看著 Maggie 的簡訊，忍不住笑出來。是因為，我自己也曾經那麼傻過；是因為，我也曾經在某一刻，突然明白：幸福，並不是取決於某次的得到或失去。

而是妳願不願意，從容地放過自己，讓自己更自在地迎向未來……

每個幸福，都是從一個「自然醒」開始的。

「命中注定」
愛上你

　　那年，小麗和男朋友文哥出了車禍，當他們從翻覆的小客車裡爬出來……開車的，是文哥的員工，那個員工嚇壞了！都忘了自己的傷，一看見老闆從車子裡爬出來就連忙問：「文哥，你沒事吧？」

　　「沒事、沒事！小麗沒事，我就沒事！」——文哥的這句回答，成為我們在朋友圈裡傳頌的經典，而每當我們說到這裡，就會看見正在聽我們說話的人，眼睛裡發出一道羨慕的光。

　　小麗真的很幸福，就好像文哥「命中注定」要愛她，他從沒有對她發過脾氣。他無條件的寵她，在他的心目中，小麗永遠是對的，就好像讓小麗快樂，是他的天職。我們何其有幸，目睹了這個童話，那讓我們相信，童話是真實存在的；而我們也何其可悲，知道這則童話，那真的讓很多女生覺得，自己現在身邊的這個選擇，是一種妥協後的結果。

　　後來，他們結婚。但是文哥在結婚第二年外遇，對象是自己的公司員工。他們最後協議離婚。那不止是一場婚姻關係的結束，對很多人來說，那更是一個愛情童話的幻滅。

第十一劃

最可怕的不是愛錯，

而是將錯就錯

小麗沉寂了很久，她花很多時間才爬起來。就像很多傷過心的人一樣，其實要再站起來並不困難，最困難的，是要讓我們再相信愛情。

　　我們喜歡愛情裡的「命中注定」。喜歡在這個世界，注定有一個會對妳很好的人，他天生就很愛妳，對妳無怨無悔。我們很早就不相信愛情的童話，但是我們相信，這個世界應該還是會有一個這樣的人，我們比較猶豫的是，我們究竟應該向左轉，還是向右轉，才會真的遇見那個人？

　　所以我們很怕錯過，很容易在一段感情的開始，就提早想像了接下來大多數的情節，一不小心就誤判了那是一個命中注定；我們更害怕浪費時間，當我們發現對方對我們並不是真的那麼無怨無悔，我們經常也很快就可以離開，然後覺得，這個世界真的沒有什麼命中注定的事情。

　　我們在那樣的希望和失望裡，來回很多年……直到，妳不再執著於那樣的等待，也不再認為，這個世界應該要有一個人刻意走向妳。妳終於明白，想清楚自己真正想走的路，才是妳這一生最重要的事情。愛不是童話，妳不是困在城堡裡的公主，不是一定要遇見王子才可以幸福。

　　可是妳還是相信「命中注定」，而妳後來所認為的「命中注定」，並不是傳奇，並不是因為一個人的出現，就改變了對方的一生。而是兩個正努力走在自己路上的人，因為目的地一樣，而發生的最美好的相遇。

　　就像我現在正看見的小麗的 FB 的照片，那是她在多年後又遇見的一個男人，他們有很多的夢想都很像，尤其是終於在花蓮海邊蓋好

第十一劃

最可怕的不是愛錯，

而是將錯就錯

的那棟房子，那是他們共同的夢想之屋──照片裡的小麗正坐在院子裡看書，她蹺著腿，腳丫子的方向有藍天、碧海和椰子樹，她在照片的下面寫著：「活得好像神仙喔！」就在椅子的旁邊，有她的鞋，再過去的大門口，是男主人的工作鞋，兩雙鞋都一樣，上面都有許多泥濘，那就是他們現在離開台北，在花蓮海邊自給自足的生活。

我不再認為，那是一個童話。可是我相信，那一定是一個「命中注定」的故事。

走出來的路，

沒有捷徑

走 出 來 的 路 ，
沒 有 捷 徑 ¶

　　當我們決定要離開一份感情，當我們終於踏上那條「走出來的路」，我們早有吃苦的心理準備，卻還是被它的威力震懾了……

　　妳從剪斷跟過去的聯繫開始，那是你們從前常去的地方，是你們經常會一起做的事，還有那些你們曾經笑著、鬧著度過的 一個節日……妳遠遠地繞過它們，妳發現自己可以閃躲掉那些路線，卻躲避不了那些記憶。妳不是事到臨頭才避開它們，妳是早就準備好，要接受這些事件的衝擊，妳覺得自己很勇敢，因為妳表現得越來越好，嗯，或者說越來越看不出來，其實在某個刹那，還是會心酸到再也撐不下去……

　　比起那些可以事先預演的衝擊，我們更害怕那種「突如其來」，那是妳明明在上一秒還覺得風和日麗，卻在下一個時分，突然墜入寂寞的萬丈深淵……妳在那場墜落裡恐懼的並不是寂寞，而是這場寂寞究竟還要多久？而那條妳以為已經終點在即的路，究竟還有多長，才能真的走完？

　　帶著傷，也要繼續前進──妳在無數個沉默裡這樣跟自

己說。因為那已經是妳自己的傷，再也無法與他共享；而且妳很清楚，就算妳延遲了傷口癒合的時間，他也不會在乎。

有時候是我們自己不肯讓傷口好，因為我們還在等。直到我們明白，這場我們給自己的折磨，是一場沒有觀眾的獨腳戲，我們又身陷了更深的寂寞。

我們鼓勵自己，要學會放手。愛的手勢，「放開」真的比「拿起來」要困難好多；而所謂的放手，經常也只是愛裡的假動作。在我們練習了無數次之後，終於我們學會「真的」放手，不是讓恨取代愛，不是讓懷疑取代信仰，而是開始讓新的日子，一步一步地覆蓋掉舊回憶。

妳終於懂了，也不會再那麼笨，已經給了的幾年青春，妳認了！可是妳絕對不會一錯再錯，還讓那份舊感情，繼續影響自己接下來的人生。

要淡出一份感情，就跟進入感情一樣，都需要時間，而且每個人都不一樣。時間長短，都是過程，都是每個人的功課跟體會。而且事實是不管要走多久，只要我們願意，最後都一定可以走出來。最怕的是，重複地在同一份感情裡進出，那才是最浪費青春跟感情的事情。

走出來的路，真的很苦、很長，也只有在那條長路的漫漫思索裡，我們才能好好想清楚，有一些早就該結束的緣分，其實是被我們故意拖長；也有一些人，其實早已經離開。是的，我們錯了！只有當我們願意真心對自己承認錯誤，我們才能真的走出來。然而，錯就錯了，誰不會在感情裡犯錯呢？！在感情裡，明知道是錯的，還要繼續找理由錯著，才是真的犯錯。

走出來的路，沒有捷徑。

一份愛，會讓妳痛徹心腑；可以讓我們徹底改變的，經常也是因為愛。告訴自己，這些都一定會成為過去；這段經歷，最後都會成為讓我們更好的養分。妳的 一次努力，都是又一次的累積，輕微到也許連自己都沒有發現，其實妳又比昨天進步了一些些。

後來，我們才明白，離開最好的方法，就是逼自己往前走。還盤桓在現場找理由的，只會讓自己更走不開；而我們一直欠自己的那個理由，也只要在一段時間以後，就那麼清楚而明白。

親愛的，加油！不要再回頭了，因為只有前進，才能遇見更好的人。而我知道，妳已經正在這麼做了。

他 欠 妳 的 理 由

「加油、鼓勵或者說『下個男人一定會更好』，要『讓自己更好，讓他後悔』的話我都知道……但那些安慰的話對我來說都不重要！因為我就是無法像大家所說的那樣瀟灑地走人，我還在期待他的回頭，因為他跟我說的要分手的理由，我覺得都不嚴重，都是可以調整的，朋友都說『妳很好、妳沒錯，是他不懂得珍惜』，但我就是離不開他，就是想等他……角子，像我這樣的感情觀，是不是真的沒救了？！」我看著這封從臉書傳來的訊息。

是的，他一定欠妳一個分手的理由，否則怎麼會他都已經進入了下一個階段的生活，而妳卻還留在原地不肯離開。

要不就是他給妳的那個理由，真的不夠好。不夠好到讓妳可以不要傷心，讓妳在事後還可以輕易推翻，讓妳有種錯覺，就是只要妳努力改變自己，一切就還有重來的機會。

愛情裡的勇敢，我們天生就會的，並不是「瀟灑」，而是「執著」。那是當所有的人都告訴妳，妳應該重新出發，妳卻還放任自己空轉著；那是當所有的人都已經盡力替妳揣測過，各式各樣他離開妳的理由之後，妳從傾聽到反駁，從

第十二劃

走出來的路，

沒有捷徑

懷疑到幾乎相信——我們總是在那一刻，覺得自己好像就要釋懷，卻突然在下一刻，突然轟地關上了跟外界溝通的大門，沒有任何人、任何話可以真正地說服我們。

其實妳明明知道，「離開」已經是唯一的路了，卻還要強留在現場，像一個任性的小孩。只是妳忘記了，自己正在任性的對象，並不是永遠無條件愛我們的父母；而是一個已經不愛妳，再與妳無關的人。

「愛」跟「不愛」都一樣，都是先愛或不愛了，才去想理由。所以當他已經不愛妳，還一併給妳的那個理由，經常也不是被解決了，愛就可以再回來。

「愛」跟「不愛」都是一種感覺，就好像妳用盡了所有的詞彙，也無法真的精準描述出自己對他的愛。既然如此，重點也不會是他所說的不愛的理由，而是我們還深愛著的那個人，真的已經不再愛我們。

那個已經離開的人，不需要理由就可以真的離開；還留在原地的妳，卻真的好需要一個理由，才能真的走得成。妳終於明白，原來在這個世界上，可以給妳那個理由的人，從來都不是別人，而是自己。

把妳的執著，用在也願意對妳執著的人身上。單方面的執著，不但不會被珍惜，還會讓自己越走越窄，它不會讓妳高貴，而且不管妳堅持多久，終點都是後悔。

親愛的，其實「離開」最好的方法，就是先逼自己往前走。還盤桓在現場找理由，只會讓自己更走不開。想清楚，就離開；在離開的路上，就不要再問自己理由，往前走就對了……

直到很久的以後，妳竟然突然又想起他，妳還是覺得當時的快樂

193 第十二劃

走出來的路，

沒有捷徑

很美，可是妳已經可以分辨，那不是幸福。

　　而那個他始終給不起的、我們一直欠著自己的理由，那些我們當時的糾結，後來我們也只用了一秒鐘就看明白，就得到了答案。於是我們感謝自己，謝謝自己當時完成了那個艱難的決定，所以我們後來才有機會，在那個回頭裡看見勇敢，而不是後悔。

　　那是妳最後決定對自己的嚴厲，因為妳終會明白，當一個任性的小孩，也許可以享受快樂；可是有時候也要努力做一個大人，才能找到幸福。

要 多 少 時 間
才 能 遺 忘

　　妳每天都鼓勵自己說:「明天,一定又會比今天好一點。」妳添了新衣,比從前又多打扮自己一點,妳希望自己看起來很好──當你們「分手」這件事情,已經不是朋友間的新聞,妳不希望大家擔心;更多時候,是妳不希望自己看起來,像個輸光一切的人。

　　全世界,只有妳自己知道,其實妳還想著他。

　　妳羨慕那些可以「理性分手」的戀人,雖然妳也懷疑,那些可以做到理性分手的情侶,是不是因為他們早就不再相愛;又或者,就像妳,看起來很平靜,可是一轉身就哭了……

　　每當妳又很想他的時候,妳的渴望,簡單到只是想聽聽他的聲音,比起你們從前的親密,妳可以對他的撒嬌跟要求,這個渴望,如此微小,但即便如此微小,妳都沒有任何立場跟勇氣,再跟他取得聯繫。

　　因為妳知道,那樣不會對自己更好;因為妳知道,他已經不愛妳了。妳想過自己難過的原因,除了失去愛,妳更糾結的,是因為妳不喜歡那種「被迫退出」的感覺。妳曾經參與了他的過去,那是一段美好的旅程。妳更期盼,與他共

第十二劃

走出來的路,

沒有捷徑

有的美好未來。妳參與過他的每一件事情，可是這件事情他沒有跟妳商量，也只用了瞬間的分秒，就宣告了妳已經退出的事實。那同時也說明了，未來將會有一個人，加入本來應該是妳的，未來的旅程。

妳聽說過那是一條捷徑：恨一個離開你的人，是妳離開那段感情，最快的方式。可是，妳很快就發現，即便妳再恨他，他也不會有任何感覺；而且，妳其實並不想毀掉那份愛。妳不想用「恨」，去消滅「愛」。因為那裡面，還有很多，屬於妳自己的，珍貴的東西。其中最珍貴的，是妳對愛的初衷，是妳對愛的方向──當妳只是因為某個人，而一併毀掉它，妳也就同時迷失了，愛的方向……

其實，通往幸福的列車，在妳身旁的，也只有一個座位而已。如果那個坐在妳身旁的人，已經決定要下車，那妳應該讓他離開，讓他成為妳旅程裡，諸多美好的風景的一部分。妳強求他，不但為難他，也為難自己，因為妳最後勉強留下來，也只是一個佔住位子的人而已。

妳難免會害怕，自己還有沒有再愛的勇氣？

妳的害怕，很合理。因為妳丟失的，從來都不是一把雨傘或一支筆，而是比那些更珍貴千百萬倍的東西──我們總是在丟掉珍貴的東西的時候，才會真正去思索，我們之所以珍愛它的原因；我們在當時，總以為它無可取代，但後來，妳總是會發現一個更好的、更適合妳的，而且，從此會更珍惜。

妳在短時間內，不會再愛，那很正常。越珍貴的，妳就越應該花時間去等待……妳不用急著又愛上一個人，只是為了幫助妳更快遺忘。在這段沈潛的時光裡，妳不用急著改變，妳可以休息，慢慢想想，什麼樣的人，才會最適合，妳身邊的那個座位？等到時間到了，等到那

196

個妳真正愛的人出現，心就會自己打開。

　　我們從來都不知道，究竟要用多少時間，才能真的遺忘，失去一段感情的悲傷？合理來說，妳用多少時間去愛，就應該用多少時間去遺忘。但「愛」從來都不是合乎邏輯的事情，所以有的人，很快就走出來；也有的人，選擇一輩子都不要忘記。

　　直到，妳又可以一個人，去做你們從前兩個人會去做的事。去同一間咖啡廳，坐同一張桌子，發現妳從前最愛點的咖啡，一個人喝起來還是很好喝。妳可以安靜地享受那杯咖啡，什麼都不想；又或者，妳還是會又想起他。因為，是你們一起發現這杯咖啡；因為，他就跟這杯咖啡一樣，也曾經是妳生命中美好的一部分。

　　冬去春來，花謝花開，所有曾經毀滅的，都會因為時間而重生，那是大自然的定律；而「愛」可以從凋謝而再度綻放，所憑藉的，是因為妳從來沒有放棄過，愛的能力——「愛」是上天賜給每一個人的天賦，妳可以因為害怕挫折，而放棄它；也可以把那些挫折，都化成愛的養分，讓生命的枝幹更拔高，去看見更大的世界。

　　我們從來都不知道，究竟要用多少時間，才能真的遺忘？我們只知道，通常自己越刻意要忘記的，就越忘不了。因為，「遺忘」從來都不是終結悲傷的方式。妳因為愛而悲傷，而真正能驅散悲傷的，也是愛。那就是妳一直保有的，愛的能力。

第十二劃

走出來的路，

沒有捷徑

每份被刪除的愛，
都一定有一些東西留下來 ¶

當時對方不要的那份愛，終於妳在最後也丟掉了……
好像都是這樣，不知那是愛的現實還是必須的殘忍，面對一
份無法再繼續更新的愛情，我們維持自己的尊嚴跟放過自己
最好的方式，就是狠下心像按下電腦「刪除」的指令鍵那樣，
把那份愛刪除。

那很公平。因為他不要的，我們也不能再要，這樣我
們才有機會走出去。於是，那成為一個模式，我們習慣在結
束後刪除愛，我們總是將它們，一視同仁地刪除。

妳承認所謂的「刪除」，其實只是一個假動作，是一個
妳對自己的宣誓，那是一個妳在按下很久以後，才開始真的
作用的指令，妳在多年後還是會偶爾想到他，妳知道那跟
愛無關，應該只是好奇，妳突然想知道他現在好不好？還
是，我們的好奇心其實更大，妳竟然會突然有那個念頭，
不知道他是不是也跟妳一樣，會在很久的以後，像這樣突然
地想起妳？

臉書的功能，除了聯絡感情，好像也很方便我們，去
探望昔日戀人的近況，終於妳還是在那個搜尋的欄位裡鍵入

了他的名字……他應該會變胖，應該要看起來還可以，但絕對不至於幸福安康。那是妳對他的預期。妳明明已經過了想詛咒他的階段，但妳還是沒有準備好祝福。

因為妳知道他並不缺妳的祝福，就好像他當時看起來那麼抱歉，但妳也知道，他其實並沒有看起來的那麼傷心。這些年來，妳愛上的人，好像總是比較愛自己，妳開始覺得，先懂得愛自己，也許才是愛最應該先學會的第一課。那些關於愛的方法或學說，經常也只適用於事後的治療，而非預防。因為相愛，總是不需要任何理由；而分開，卻經常可以有一千種藉口。

我們在愛的快樂裡勇敢，我們也會在愛的傷心裡長大，妳在每一次的分手後，越來越懂得掩飾悲傷，也越來越懂得安慰自己，妳跟自己說，其實不必那麼哀傷，妳不是正在目睹著他的離開，而是他的心早就已經不在。

而事實也的確如此，我們一直是從跌倒的下一秒，就開始在復原跟站起來。我們經常太低估自己的勇敢，還有太高估一個早就走開的人，可以對我們的傷害。

也只有當我們不再害怕那場傷害，當我們終於從恐懼的迷霧森林裡走出來，我們也才有機會看明白，那些曾經被我們一視同仁刪除的愛，其實還是有差別的。

有些人，從來沒有真的愛過妳；有些人，愛過，只是不能陪我們走到最後。

每份被刪除的愛，都一定有一些東西留下來。有些愛，留下悔恨；但也不是不可能，多年後我們才看清楚，原來也不是每份愛，都只存

憎恨，原來在當時的某個時分，也曾經有個人，是那麼真心地為我們付出過。

於是我們才開始懂得換一種角度欣賞愛：愛是一種「結果」；但如果我們都無法預期未來，那愛也可以是一種彼此都感受過美好的「過程」。

妳努力經營一份感情，希望它能走得很久很長。就算事與願違，妳也會提醒自己，所有在這份感情裡留下來的，都應該讓下一份感情更好，而不是幸福的阻礙。

念念，
妳的「想念」
和「懷念」

多年後的某一天，妳還是會因為一部電影的某個畫面，或者一首歌裡的某句歌詞，突然淚水潰堤，那是妳宣洩了某段情感的出口……又何嘗不是某段記憶的入口？！

那應該是一段刻骨銘心的經歷，那個時候的我們，認為自己最重要的課題就是「遺忘」，只有遺忘，才能讓我們真的重新開始。於是，那成為我們後來最大的痛苦，成為我們最難做到的知行合一。因為越想忘記的，就越「念念」不忘。念念，那是我們每個人都曾經在愛情裡有過的「想念」和「懷念」。

想念，是當愛已經走開，妳卻還在原地不肯離開。之所以會離不開，是因為捨不得那些好。會捨不得，是因為不相信自己還能夠遇見更好的人。

後來，妳才發現，妳想要的那些「好」，他真的都無法給妳。妳在後來的這些年，陸續瞭解了，原來我們對「好」的定義，也會隨著時間而改變。當時我們認為的「好」，現在看起來，也不一定會讓我們幸福。

會想念，是因為「捨不得」和「不甘心」。

　　後來，妳才明白，捨不得，要兩個人都捨不得才有意義；一個人的不甘心，能為難到的，也只是自己。於是，妳終於重新出發，妳覺得自己，終於可以不再「想念」。妳越來越確定，那段感情已經真的成為妳的過去，當妳不再提起，不止是身邊的朋友，連妳自己，都已經遺忘。

　　直到那天妳因為那部電影，或者因為那首歌，發現自己竟然還會落下淚來。妳才發現，原來真正用過心的，都不可能真的遺忘。而妳最大的發現，並不是那段感情對妳的影響，而是妳發現自己竟然已經可以單純地審視那段感情裡的快樂、悲傷，妳才了解，原來釋放一段感情最好的方式，並不是遺忘，而是妳已經可以清楚地分辨跟欣賞，那份愛裡的酸甜苦辣。

　　親愛的，那就是人生的滋味。那段感情終於也成為了我們，生命的養分。

　　後來，妳從不壓抑，當妳再度因為一部電影或一句歌詞而大哭，那是妳在瞬間又讓自己回到了過去，那是某個夏天、某個青春，還有某個無所懼的勇敢和荒唐……

　　然後慶幸，感謝。是它讓妳學會了，更懂得對現在的珍惜。

　　當愛已經離開，妳也確定自己已經走開，多年後，妳突然一個轉身，發現自己可以將那段刻骨銘心擁抱入懷，因為那是最棒的妳，妳那麼慷慨地把全部的自己獻給了愛，妳值得一個懷抱，那就是妳對那份情感，永遠的「懷念」。

　　越想遺忘的，就越念念不忘。越巨大的「想念」，最後就成為越

第十二劃

走出來的路，

沒有捷徑

美好的「懷念」。

　　想念、懷念，念念不忘。

第十三劃

#

妳一定可以在心底，

放進一個更好的人

妳 一 定 可 以 在 心 底 ，
放 進 一 個 更 好 的 人

「角子你好，follow 你的 FB 已經有一段時間了，每次閱讀你的發文，總是會給我力量。我跟前男友分開已經有一段時間了，我試著讓自己忙碌，不去多想，努力充實內在跟外在，讓自己保持光鮮亮麗——但是我知道傷口還在。我常常懷疑自己真的還會再遇見幸福嗎？究竟要怎麼做，才不會再痛呢？」

這篇訊息，雖然在第一時間就已經回覆了，感觸卻還是一直留在心底，是因為它也曾經是自己的心情；還是那其實也是這個城市裡，許多人的共同遭遇呢？！

是的，那是一段早就結束的感情，但是那個人卻還沒有從妳的心底走開。於是妳學會不看見，再也不低頭去看那道傷口。妳總是面向陽光、抬頭挺胸，也只有突然刺探性地回想，妳才發現，自己還是沒有復原，因為下一秒湧上的依然是痛和酸楚……而悲傷明明只是一種情緒，妳卻發現它不知在何時已經變質，悲傷變成一種「習慣」，妳開始懷疑自己，不相信自己還會再遇見幸福。

妳覺得那就是那段感情教會妳的，是妳用切身之痛去

換來的深深體會──我們陷溺在那樣的情緒裡，又勇敢又自憐，又清醒又執迷，那麼輕易就忘記了那麼簡單的道理：那些錯的人，並不能在愛情裡教會妳什麼；一個不願意對那份愛付出的人，又有什麼資格讓妳覺得，妳不會再遇見幸福？！

我們在那場恢復的過程裡，最應該鼓勵自己的，並不是強迫自己去遺忘，而是絕對不要被那些錯的經驗阻礙。讓愛回到最簡單的狀態，「堅持」妳的喜歡，「堅持」妳一定要在愛裡找到的。我們無法真的遺忘，但可以努力大步向前。我們可能偶爾會迷路，所以才更需要方向，而妳的「堅持」就是妳的方向。孤單並不可怕，不知道自己想要什麼才可怕；一個人，一點都不可怕，是失去自信和相信，才真的可怕。

後來，妳才明白，其實妳懷念的，並不是那個人，而是一種被愛的感覺。妳真正需要的，並不是他短暫的信手拈來，而是一個能真正持續對妳好的人。我們只是跌一跤，並不用因為這樣而懷疑自己再也無法走路。而那朵只有我們看得見的烏雲，可以一直把它留在心底的，也只有我們自己。

即便一個人，也應該要萬里無雲。終於，妳清空了那個位置，妳終於懂了，心底最好的位置，不該浪費給過去，而是要留給未來。

當他已經不在乎妳，妳已經不再是他最重要的人。親愛的，那其實很公平。總有一天，妳也將不再在乎他。

妳一定可以在心底，放進一個更好的人。

妳很努力，妳很確定，因為在遇見那個人之前，妳早已經蛻變成一個更好的人。

208

後來，
妳才明白……

後來，妳才明白，原來有很多當時自以為很確定的事，真的要到後來，才能看得明白。

那是妳曾經很愛過的一個男孩，那是妳為他守候很久的青春，那是妳在很年輕的時候的勇敢和想像力。妳總是默默地等著他，用他曾經給妳的一個微弱的證明，當作燭火溫暖自己，妳在搖曳的燭光下想了很多，有時候充滿希望、有時候感到絕望，就像那盞忽明忽滅的光。

終於，妳跟自己說，不要再過那樣的日子了。於是，妳把最後的力氣，用來離開。妳不知道自己究竟是太脆弱還是變勇敢了？因為妳有時候會覺得自己很棒，可是偶爾也會覺得自己好沒用。妳一度懷疑自己會走不開，也懷疑過也許他會把妳找回來。好在，妳最後還是硬挺了過來；好在，他最後還是沒有任何明顯的把妳找回去的表示。好吧！妳承認自己的確想過，他是不是也跟妳一樣，對這份感情還多所留戀？如果，我們測試一份感情的最後的機會，是我們會不會在失去它的時候，覺得難過。妳已經知道自己的答案了，那他的答案，又究竟是什麼呢？

那是妳後來又陸續遇見的人。他們的樣子和特質都不一樣，又也許他們都一樣，他們的好與壞，都搭配得剛剛好，剛剛好讓妳啟動對一份幸福的想像。他們最後也都一樣，讓我們又在愛裡，有了新的學會。對於愛，其實我們並不虛心受教，我們經常是被迫接受那些結果。我們必須鼓勵自己，我們真的已經學會，我們才又得到了重新出發的勇氣。

　　後來，妳才明白，原來我們都曾經在年輕的時候，對許多不應該的人，浪費了傷心。而那些妳曾深愛過的人，他們的傷心真的比妳少很多很多。他們如果真的遺憾過，並不是因為失去妳，而是因為失去了有人對他的好。而那樣的遺憾，也只要再遇見一個對他好的人，就可以彌補。我們經常在分手的傷心裡期盼，對方會後悔，會終於發現我們的獨特與珍貴，後來，你才明白，妳的無可取代，並不會發生在分手之後，而是妳一定會在交往的過程裡，就已經察覺。

　　後來，妳才明白，一份真正的愛，是完全不需要想像，更不需要妳給它很多理由，它就會存在的。它會一直包覆著妳，不管妳去到哪裡，也不管他是不是就在妳身邊，妳都會很具體感受到那份愛的存在。因為妳知道，他也跟妳一樣，把這份感情，放在人生很重要的位置。

　　那是妳終於遇見的他，妳花了一些時間才確定，那真的是一份幸福。妳想起自己從前浪費過的傷心跟吃過的苦，這一切來得真不容易……我們應該在此時收穫，然而大多數的我們，卻很容易在終於幸福的時候，對確定愛妳的人，揮霍任性。

　　後來，妳才明白，如果多年後，妳還是覺得當時的傷心很應該，那才是妳真的迫不得已的失去……而比確定過往那些更重要的，是此

210

刻正讓妳揮霍著任性，卻還沒有走開的那個人，他其實比妳想像的更愛妳，是妳現在還來得及學會的珍惜。

後來，我們才終於明白，最珍貴的，並不是我們從前在愛裡的那些學會；而是我們真的可以不用等到後來，才終於明白那些道理。

第十三劃

妳一定可以在心底，

放進一個更好的人

是因為經歷過那些，
才讓我們更清楚
自己想要的「幸福」¶

　　我想來義大利很久了，卻在多年後才終於成行。Doris
是一個跟我同旅行團的女生，我們經常被分配到同一桌吃
飯，而且有好幾次就坐在對面。於是，我們開始閒聊。

　　現在的我們，就坐在佛羅倫斯的小餐館裡吃晚餐，連
續多日的一起旅行，還有當地的美酒佳餚，讓團員們的心情
都很輕鬆。Doris 剛喝完一杯紅酒，然後告訴我，這是一趟
她剛跟男友分手後的旅行。

　　「這趟旅行是我給自己的禮物。」她說。

　　Doris 很特別，她最特別的是經常掛在胸前的單眼相
機。我一直認為，用單眼相機的鏡頭注視的世界，一定跟我
們用眼睛看見的，很不一樣。

　　Doris 應該可以哀傷，可是她沒有。我想起自己在她這
個年紀的時候，去過的世界比她小很多，我更沒有她的確定
跟勇敢。在我還很年輕的時候，在我明明還有很多時間，可
以好好尋找幸福的時候，我卻很急躁，我不想走冤枉路，當
我付出，我希望得到回報。我總是渴望著幸福，希望自己的
幸福就是這一次，就是眼前的這個人。

第十三劃

妳一定可以在心底，

放進一個更好的人

那是我們都曾經對愛的坦白，還有謊言。我們完全掩飾不住自己的心，我們是真的很想要那份愛。可是，我們也在那份愛裡說謊，我們對別人說謊，因為我們努力假裝去成為那個對方會喜歡的人；我們也對自己說謊，因為我們明明知道那最後一定是一個悲劇，我們很可能就是那個單方面受傷的人，可是我們還是騙了自己，把自己強留到最後，只為了確定那份幸福真的不屬於我們。

　　我們真的很勇敢，也幾乎沒有放棄過任何一點幸福的可能，我們曾經多渴望，就有多絕望！我們把失去「那個人」跟失去「幸福」畫上等號，然後心痛地說出像「我覺得自己已經無法再愛了」這樣的話。

　　妳可以一直鑽牛角尖；又或者，就像我眼前的這位 Doris 女孩一樣，努力站起來，勇敢走向更大的世界……去真的看見，這世界真的好大，大到妳不會只能屬於某個人。「愛情」總是會因為我們又遇見了一個人，而有了新的可能。

　　妳不再強留，那些本來就沒打算陪伴我們太久的人。妳終於明白，這世界有些人的出現，只是為了教會我們某些事，當我們學會，他們就會離開。所以，努力並沒有白費，那些人、那些事，是我們本來就會的經過，更是我們走向幸福的必需。

　　是因為經歷過那些，才讓我們更清楚自己想要的「幸福」。妳不再盲從，不再照單全收所有幸福的可能。是妳需要的、適合的，妳一定會努力去爭取；妳見過的、預感到對自己不好的，妳就大步經過。那是妳走在幸福這條路上，最幸福的明白：幸福的關鍵，並不是找到別人，而是要先找到自己。

「敬下一場更好的愛。」我舉起酒杯對 Doris 說，我覺得在佛羅倫斯這個文藝復興的發源地，在這個當時將所有必然的傳統，又以百花齊放的姿態重新綻放的城市，説這樣的話，真是應景極了！

　　敬所有大步走在路上的 Doris 女孩們。

第十三劃

妳一定可以在心底，

放進一個更好的人

最好的
改變 ¶

　　妳應該要有一個愛人；時候到了，妳更應該要結婚；妳應該要體貼、溫柔，成為兩人關係裡，腦袋進化比較多的那一方；妳的穿著應該要端莊、大方，妳不應該太性感，如果因為那樣而招來麻煩，都是妳自找的；妳也不應該太粗線條，因為大多數的男人，不喜歡那樣……

　　這個世界的「應該」很多，而當我們違反了其中一種，就會被貼上一個「標籤」。

　　我們從來不知道，這個世界的許多「應該」，是由哪些人，依據了什麼規則訂定的？而那些已經貼在妳身上的「標籤」，是在什麼時候被貼上去？又是從何時開始，影響著妳的許多決定跟前進的方向？

　　妳渴望的改變很多。那是妳每天回家的同一條路上，妳會看見的櫥窗；那是妳每次去髮廊，總是會習慣先看的一本雜誌……妳瀏覽著那些新的資訊，裡面有一些，是妳很喜歡的，那是妳希望的改變。可是後來，妳還是像往常地直接走回家，還是沿襲了妳覺得最安全的那個髮型。因為那不是妳習慣的「標籤」。因為妳的辦公室裡，沒有人那樣。因為

216

第十三齣

妳一定可以在心底，

放進一個更好的人

妳習慣的「標籤」。因為妳的辦公室裡，沒有人那樣。因為跟別人不一樣，會讓妳覺得害怕。

妳最不希望的改變，是愛。是妳很愛的那個人，妳把他標記成了一個幸福的「標籤」。

妳為他付出很多，卻還是遠不及妳在內心裡的投入。妳知道那樣很冒險，可是妳很難控制自己，於是妳只能開始祈禱，希望自己遇見的是一個有良心的人。妳一方面期盼，他不要看穿妳的在乎；另外一方面又希望，他可以那麼容易就看清楚，妳的真心。

直到妳最不希望的改變，還是發生了……那是一份妳沒有留到最後的幸福，沒有人會真的了解，妳究竟花了多少的力氣和眼淚，才從那個場景，真的離開。也只有妳自己知道，一份妳當時認為的失去，原來最後還會留給妳的，那些珍貴的獲得——當時我們以為的過不去，後來都還是可以過去；曾經在那一刻心的混亂，也只要一些時間，最後也都會明白。

妳終於瞭解，世界的可能很多，所以也不會只有某一個人，是代表著幸福的唯一「標籤」。

世界會變，不會變的，是妳的心。是妳在那場痛苦裡，學會答應自己的，無論如何，都會好好照顧自己的那份心意。那是後來窗外即便有再多風雨，妳心裡依然的藍天白雲。那是妳心中的平靜與相信，妳試過為愛而愛，可是現在妳完全知道，真正的愛，一定是要先對得起自己。

因為那是妳自己的人生。因為幸福和痛苦，都是別人只能看見，卻從來都不能真正瞭解。因為那些「標籤」，只會讓妳安全，卻永遠

不會讓妳快樂。

　　於是，妳開始拿下那些「標籤」，妳不再讓別人決定妳的未來，妳開始製作自己的「標籤」，叫作「快樂」和「幸福」。一切都是妳自己可以決定，那是今天的妳，對自己的承諾：我的昨天，一定是快樂的；而我的明天，也要努力讓自己幸福。

　　那是妳只要不阻礙別人，想改變就去改變的自在；是妳在每個階段，都會讓自己去完成的一個小夢想，每次做到了，都會很快樂；是妳讓自己，成為自己最愛的人，讓妳的幸福，從此可以永恆。

　　妳從來沒有這麼健康。妳的身體很健康，當妳對它越好，它就回報妳更好的機制；妳的心很健康，妳接受自己的不完美，也知道自己有很多地方值得欣賞；妳的愛很健康，因為妳知道，愛不是因為缺乏或依賴，而是妳也在其中證明了，自己也有欣賞和給別人愛的能力。

　　妳靜靜地在這個城市生活，靜靜地想念，靜靜地問自己，究竟需要什麼？然後靜靜地選擇，所有會讓妳覺得快樂和幸福的事情。

　　這個世界的「標籤」很多，妳很確定，那都與妳無關；這個世界的改變很多，而妳知道，這個世界最好的改變，就是妳越來越愛自己。

#「愛」一直
希望我們學會的事 ¶

有一些事情，是我們天生就會的，譬如：高興就笑、難過會哭……譬如，愛上一個人。

有一些事情，是我們後來才學會的。譬如：走路、旅行、發現美好的事物……還包括了，學會離開一個人。

比起其他的領域，我們在「愛」裡，天生就會的事情比較少；我們在「愛」裡的學會，比較容易忘記。我們對其他領域的學習，比較冷靜、客觀；我們對「愛」的情緒比較複雜，總是要等到很久很久以後，才會接受，這世界沒有一份白談的「愛」，每段我們曾經付出的感情，其實「愛」都試圖要告訴我們更多，都希望我們可以在那場「愛」裡學會更多。

確定那是「妳要的愛」，比確定「那是愛」更重要——那是「愛」每次都在一開始想叮嚀我們，卻總是被我們拋在腦後的。因為我們很怕錯過愛，因為愛總是迎面襲來，因為它總是美好得讓人忘記一切。我們只忙著在乎，對方有多愛我們，卻經常忘了思考，那究竟是不是一份真的適合自己的愛？

第十三劃

妳一定可以在心底，

放進一個更好的人

又或者，我們不是沒有察覺，那些不適合；我們漠視，認為那一切都可以因為努力而被改變。直到對方突然走開，我們才錯愕地發現，原來對方也跟妳一樣發現了那些不適合，而他跟妳最大的不一樣，是他並不想跟妳一起努力去改變那一切。妳才發現，出現在眼前的愛，再美麗的，就跟一件美麗的衣服一樣，也要真的適合妳，才會讓妳的生命更美麗。而錯置一份感情，卻絕對比錯買一件衣服，會讓我們付出更大的代價。

愛只是一種「決定」，而不是一種「結果」── 那是「愛」在過程裡，一直想告訴我們的。你們相愛，那是一份決定，而不是結果。是兩個人決定要一起經營一份愛，而不是從此就一定會幸福快樂的結果。所以，每一份到後來沒有結果的愛，都不是失敗；而每一份還在進行的感情，都其實還有它要經歷的過程。所以早一點或晚一些進入愛，都不是我們最後會不會幸福的關鍵。一份好愛跟一份錯愛，對我們來說，都一樣是愛的學習。而越能夠走得長久的愛，經常並不是因為他們很幸運，而是他們可以接受更多的挫折和成長的結果。

愛一定是「兩個人都要快樂」的事。愛不是單方面的忍受或付出，更不是誰就一定該讓誰快樂。愛的前提是自己，是我們各自都一定要在這份愛裡得到快樂。因為只有我們覺得快樂的事情，才會讓我們的投入更長久── 那就是「愛」希望在每一份感情的最後讓我們學會的。那是當我們回頭看，自己可以走到今天的 一份愛，並不是因為我們曾經可以強留住任何一個人，或者是因為我們總是很聰明地走在對方的生活裡，而是因為對方，從來也不願意從我們的生命走開。

一直在「愛」裡努力的我們，我們認真學習，也輕易遺忘；覺得自己已經堅強，卻還是在下一秒又挫折和受傷，但那其實都沒有關

係，因為我們一直知道自己想去的方向，知道自己最後想去的地方，於是我們就應該更敞開心胸，更勇敢地去享受，那一切在愛的過程裡，會走過和經歷的風景 —— 那就是「愛」最後希望我們學會的事。

第十三劃

妳一定可以在心底、

放進一個更好的人

國家圖書館出版品預行編目資料

13劃，愛 / 角子 著 .--- 初版 .-- 臺北市：平裝本，
2015.12 面；公分（平裝本叢書；第422種）（角
子作品集；1）

ISBN 978-957-803-994-0（平裝）

855　　　　　　　　　　　　　104024585

平裝本叢書第422種

角子作品集 01

13劃，愛
13個我們痛過才懂的愛情道理

作　　者—角　子
發 行 人—平　雲
出版發行—平裝本出版有限公司
　　　　　台北市敦化北路 120 巷 50 號
　　　　　電話◎ 02-2716-8888
　　　　　郵撥帳號◎ 18999606 號
　　　　　皇冠出版社（香港）有限公司
　　　　　香港銅鑼灣道 180 號百樂商業中心
　　　　　19 字樓 1903 室
　　　　　電話◎ 2529-1778　傳真◎ 2527-0904
總 編 輯—許婷婷
美術設計—小美事設計
著作完成日期— 2015 年 10 月
初版一刷日期— 2015 年 12 月
初版七刷日期— 2023 年 6 月
法律顧問—王惠光律師
有著作權 · 翻印必究
如有破損或裝訂錯誤，請寄回本社更換
讀者服務傳真專線◎ 02-27150507
電腦編號◎ 417040
ISBN ◎ 978-957-803-994-0
Printed in Taiwan
本書定價◎新台幣 280 元 / 港幣 93 元

● 皇冠讀樂網：www.crown.com.tw
● 皇冠 Facebook：www.facebook.com/crownbook
● 皇冠 Instagram：www.instagram.com/crownbook1954
● 皇冠蝦皮商城：shopee.tw/crown_tw